さかさま世界史

英雄伝

寺山修司

角川文庫
13733

目次

コロンブス　五
ベートーベン　一七
エジソン　二九
イソップ　四一
ガロア　五三
シェークスピア　六五
二宮尊徳　七七
ゲーテ　八九
ダンテ　一〇一
スタンダール　一一三
毛沢東　一二五
カミュ　一三七
ニーチェ　一四九

聖徳太子　一六一
カフカ　一七三
マルクス　一八五
紫式部　一九七
セルバンテス　二〇九
トロツキー　二二一
孟子　二三三
キリスト　二四五
プラトン　二五七
リルケ　二六九
解説　小中陽太郎　二八〇

コロンブス

コロンブス　Christopher Columbus（1446 頃－1506）
イタリア生れの船乗り。ジェノバの織物業者の家に生れたが，スペイン女王イサベラの援助を得て，1492 年アジアに向ってスペインのパロスを出帆，70 余日後に西インド諸島サン＝サルバドルに上陸，キューバ，ハイチを発見して翌年帰国，新世界発見の英雄になった。その後も 94 年にジャマイカを，98 年に南アメリカ北部を，1502 年には中部アメリカを発見したが，その死に至るまでこれらの土地がインドの一部であると信じていたという。

1

コロンブスといえば卵である。

テーブルの上に、どのようにして卵を立てるか?

スペインの貴族たちの前で、コロンブスは卵のほそい方を下にして立てるにはどうしたらいいか、という問題を出した。だが、卵はころころところがるだけで、誰も成功するものはなかった。

そこで、コロンブスは、卵のはしをテーブルにこつんと叩《たた》きつぶして手を放した。すると、卵はそのまま倒れずに立っていたというのである。この場合、卵を地球の比喩《ひゆ》だと考えてみよう。テーブルの上に、地球のはしをこつんと叩きつぶして手を放すのだ、と言ったら、人はみな何と言うだろうか?

2

コロンブスの新大陸発見に代表される、ヨーロッパのアジア、アメリカ新大陸への征服航海は、「地球のはしをこつんと叩きつぶす」ような破壊的なものだったと、歴史が証言している。

スペイン、ポルトガルは、掠奪《りゃくだつ》と搾取のために未知の大陸に進出し、それをバラ色の探検譚《たん》に書きかえたものにすぎないのである。

3

もし、サザエさんが卵を立てなければならないとしたら、エッグスタンドを用いるだろう。エッグスタンドは、一五〇円ぐらいでデパートで買えるからである。

だが、地球を立てるようなエッグスタンドはどこにもない。

だから、卵はもう数十年も前から、はしをこつんと叩きつぶされることはなくなったが、地球の方は相も変らず、あちこちで、はしをこつん、こつんと叩きつぶされ、そのうちに大きくひび割れるのではないかと心配されているのである。

4

ところで、コロンブスは自分がアメリカ新大陸を発見したことを知らなかった。彼は、マルコ・ポーロの『東方見聞録』に触発され、黄金の国ジパングをたずねて航海に出かけたのである。日本をさがしに行って、アメリカ新大陸を発見した、という偶然性を政治化して考えると、その後の日本とアメリカとの相似関係がよくわかる、という人もいる。

全共闘系学生曰《いわ》く「つまり、日本はアメリカで、アメリカは日本であるということがコロンブスの意識の中で、予見されていたということですよ」

新宿ブルース曰く「西を向いてもだめだから、東を向いただけなのよ」

大衆芸術の好きな大学教授の解説「コロンブスは、アジア、とくに印度方面へ向けて航海するのに、東方に向けず西方へ向けて出発したのですが、その結果が新大陸の発見となった。扇ひろ子さんは、コロンブスの真意が、もともとアメリカ新大陸をめざしていて、それを印度、日本へ行くように見せかけて唄ったのだと思います。つまり、これはフォークソングのはしりです」

ガンになやむ老人「コロンブスが死ぬ瞬間まで、あなたの発見したのがアジアではなくアメリカ大陸だということをかくしておいてあげたのは、とてもいいことでした」

5

コロンブスは、アメリカ新大陸を発見したが、彼自身が航海の投資者たちに約束していた黄金を持ち帰ることはできなかった。

彼が持ち帰ったのは、梅毒と煙草である。梅毒は、アメリカの風土病だったのが、コロンブス探検隊員によって、スペインやイタリアに持ち帰られた。煙草については、『世界の歴史』(近代への序曲・松田智雄編集)に、面白いエピソードが紹介されている。

「サン・サルバドル島についたコロンブスたちは、大変な人間を見た。口から煙を吐く男である。それがヨーロッパ人の見た最初のタバコであった。コロンブスは第一回の探検のとき、それをもち帰り、たちまち喫煙の風習はスペインから、さらに全ヨーロッパにひろがった。

イギリスにひろめたのは、エリザベス女王の寵臣《ちようしん》、ウォルター＝ローリ（一五五二ごろ―一六一八）である。彼がタバコをのんでいると、下男は主人が火事だと思ってあわてて水をぶっかけたという話は有名である」

6

少年時代、探検家のコロンブスがアメリカ新大陸を発見した物語は、私の頰をほてらせた。海岸で生れて育った私は、大きくなったら、船乗りになりたい、と思っていたのである。

だが、長じてコロンブスについて書かれたものを読みすすんでゆくうちに、私の純情は裏切られていったのである。

「コロンブスという名の四十五歳の船長が、生活に困っていた。彼は何とかして〝一山あてたい〟と思っており、そのためにはマルコ・ポーロの『東方見聞録』に出てくる黄金の島を手に入れようと思いたち、その島から強奪することを条件にスポンサーをさがしはじめた。

彼はイタリア人だったが、ポルトガルで売り込みに失敗した挙句、スペインの女王に出資させることに成功し、三隻の船で出発した。しかし、海図がいいかげんなものだったのと、計画が不完全だったのとで、船は黄金の島ジパングとはまったく反対方向の、アメリカ大陸にたどりついた。コロンブスは、その島から、なにがしかの利益をあげようとして、掠奪と搾取と人殺しをはたらいた。しかし、アメリカ大陸が不毛の地であることにかわりはなかった。

後年になって、スペイン人のアメリカ大陸における悲惨な労働と搾取、植民地化による私有財産の奪いあいが平気で行われるようになり、さらに、金を掘り出すために酷使された鉱山のインディアンの死体に禿鷹《はげたか》が群がった。こうした犠牲の最初のきっかけを作ったのが、コロンブスだったというわけである」

——私が勝手に書き直したコロンブス像と、子供向けに書かれている英雄で偉人のコロンブス像の、どっちがほんものに近いのかは、私にはわからない。しかし、十六世紀の銅板画にえがかれているスペイン人に焼き殺されているインディアンの図、そしてジャマイカやキューバで十六世紀半ばまでに全住民が死に絶えて、労働者が足りないためにアフリカの黒人が大量に移入された史実から考えて、コロンブスの真意が、未知の大陸へのあこがれ、といったロマンチックなものでなかったことだけは、たしかなように思われる。

7

インディアンというのは、インド人という意味である。

だが、酋長《しゅうちょう》ジェロニモがインド人であったと、だれが信じるだろう。

西部劇にあらわれ、馬にまたがって幌《ほろ》馬車を襲うインディアンは、もともとアメリカ大陸の住民であり、コロンブスよりも数千年も昔に、「発見」して住みついていたアメリカンだったのである。

彼らをインド人（ときにはアメリカン・インディアン、つまりアメリカのインド人）と呼ぶのは、コロンブスの誤解からはじまったと思われている。彼は、自分が発見した大陸がインドだと思っていたので、原住民を「インド人」と呼び、その後、そこがインドではなくアメリカだということが判明したあとでも、その呼び方を変えようとしなかったのだ。

だが、このコロンブスの誤解が、実は作為的なものである、とする説もある。

ソ連の歴史家、ウズベク・アカデミーのイスイベルニック教授によるものである。それによると、コロンブスは西インド諸島の地図をもっていて、探検に対する女王の財政的な援助と交換に、西インド諸島をどのようにスペインが植民地化してもよいとする手紙が発見された——というのである。コロンブスは、彼が発見した不毛の土地アメリカ大陸に、スペイン人が移民することを奨励した。

「かれが発見した新しい陸地は、探検隊の隊員には、よい印象を与えなかった。そこで、スペイン当局は、現実を粉飾することに決めた。コロンブスが金鉱、真珠、宝石、香料そして香水の豊富な、途方もなくゆたかな国々を発見したという作り話が回覧された」(リチャード・ディーコン『新大陸発見の謎《なぞ》』)

その新しい国々が、誰もがゆめにえがいていたアジアであり、インドである、と発表されていたのは、まちがいではなくて、スペイン当局の狙《ねら》いどころだった、というわけだ。

8

コロンブスは、イタリア人で、その頭文字はクリストファ・コロンブス(つまりC・C)である。マリリン・モンローのM・M、ブリジット・バルドーのB・B、クラウディア・カルディナーレのC・Cにくらべて、セックス・アピールが足りないという人もいる。

生れた年は、一四三五年説、一四五一年説、一四四六年説とあり、一四四六年説がもっともよく知られている。

(もし、一四三五年生れだとすると、アメリカ新大陸発見は、コロンブスの五十六歳の時だったということになるわけだ)

9

海の向うに新しい大陸があるという幻想は、私にもなかったわけではない。

岸壁に腰かけて、海に沈む陽《ひ》を見ていると、いま住んでいる場所は、かりそめの土地で、海の向うにある大陸こそが、生きるべき場所なのだ、という気がした。

少年だった私は、その大陸をさがしに行くべきかどうかについて悩んだ。筏《いかだ》で太平洋へ出てゆくということを真面目に考えてみなかったわけではない。だが、それは私が私自身から逃亡することを意味しているように思われるのだった。

10

私の新大陸の条件。

そこでは、人は生れたときから死んでいて、だから二度と死ぬことのない国。すべての男は、狩人で、どの鳥も想像力より高く飛ぶ国。

夜と昼の長さが日によって二倍もちがい、大地に耳をつけてきくと、いつでも海鳴りがきこえ、道路はどこにもなく、親類はみなランナーで、いつも走っている国。人はすぐにもの忘れするので、歴史のない国。どのシャツにもボタンのついていない国。

そこで、私は終りのない少年野球の外野手だった。空に大きくあがったセンターフライを追って、どこまでも走りつづけ、いつのまにか日が暮れて、ボールを見失ってしまい、それでも、グローブを頭上にかかげながら走りつづけてゆく。

ボールはぐんぐんのびております。

センターはバック！　バック！　バック！　私は、私のアメリカ新大陸が、どこからどこまでつづくのか知らなかった。

それでもセンターフライを追ってゆき、びっしょりと汗ばんで目をさます。

さようならコロンブス
私の探検の夢は、いつも感傷的にしめくくられるのだ。

11

レヴィ・ストロースは、探検について、いまいましげに「人類の顔に投げつけられた私たちの汚物だ」と書いたあと、こうつづけている。

「旅行談は、もはや存在していないが、しかし、まだ存在してほしいものの幻影をもたらすのである。それというのも二万年の歴史が賭けられているという、耐えがたい明白な事実から、私たちがのがれるためなのだ」と。

12

たぶん、コロンブスは、私利私欲のためにだけ、航海をし、搾取と強奪のためだけに、新大陸にスペイン人を送りこんだのではないだろう。

彼自身、逃げてゆくための土地を求め、探検のたびに、その夢に裏切られつづけていたと言えるかも知れない。だが、少年読物に、

「コロンブスは、ほんとうに勇気のあるしんぼうづよい人でした。

また、島の土人たちをいじめたりせずに、いつも愛の心でみちびきました。このゆうきと、しんぼうと、愛の心があれば、たんけんだけではなく、どんなことでも、きっとせいこうするということを、よくおぼえてください」(児童伝記シリーズ・沢田謙)

とあるのは、他人の故郷を強奪した男への賛辞としては、いささか出来すぎている、というべきものである。

ベートーベン

ベートーベン　Ludwig van Beethoven（1770－1827）ドイツの作曲家。宮廷歌手を父としてボンに生れた。ウィーンに出てハイドンその他に学び，作曲活動を行ったが，その作品は古典派の終末期を飾るとともに，ロマン派音楽の先駆をなし，九つの交響曲や歌劇「フィデリオ」のほか「荘厳ミサ」・ソナタ・弦楽四重奏など，不朽の名曲を多く残した。1800年頃から彼の耳は悪化し，晩年は聾者となったが，それとともに極めて深い境地に達した。西洋音楽史最大の作曲家で，楽聖といわれる。

運命はなぜ吃る

「ベートーベンの第五が感動的なのは、運命が扉をたたくあの主題が、素晴らしく吃《ども》っているからだ。

ダ・ダ・ダ・ダーン。

ダ・ダ・ダ・ダーン。

吃ることで自分の言葉を、もう一度心で嚙《か》みしめられる」

これは武満徹の『吃音《きつおん》宣言』の一部である。武満徹によると、吃りが論理性を断ち切るような悲連続の仕方は力強いもので、しかも偉大なことは、その反復性にあるのだそうである。

「地球の回転、四季のくりかえし、人間の一生。宇宙のかたちづくる大きな生命」のあらわれは限りなく反復されている。

ダ・ダ・ダ・ダーン。

ダ・ダ・ダ・ダーン。

私は、少年時代に小便くさい場末の映画館で、時代劇映画を見たとき、はじめてこの音楽に出会った。

縄《なわ》でしばられた娘が、座敷牢《ろう》から逃げ出そうとして、畳の上をころげまわってやっと縄をほどく。逃げられるか、と思うと障子に黒い人影。

そして、

ダ・ダ・ダ・ダーン

とベートーベンの『運命』がなりひびき、しゃがれ声で、

「逃げようとしたって、そう簡単に逃がさんぞ」

と言いながら、毛深い悪役の浪人が入ってくるのである。それから、しばらくして私は、中学時代に家出をした。青森の浦町駅で、風呂敷包みを一つ持って上野行きの汽車を待っているとき、駅前のラジオ屋のラジオが名曲の時間で、ダ・ダ・ダ・ダーンと、ベートーベンの『運命』をひびかせていた。

私は、自分の門出を世界の名曲の伴奏ではげまされているような気がして、慄然《りつぜん》としたものであった。だが、蓄音器をもたない貧乏少年の私にとって、この曲がそのあとどのように展開してゆくのか……。

最終楽章に入っても、やっぱり吃りつづけているのかを知ることはできなかった。ただ、自分が人生のクライシス・モメントに直面したとき、この曲が口をついてでてくる。そして、おかしなもので、どんな悲劇的な偶然でさえも、口に出してダ・ダ・ダ・ダーンと歌ってしまうと、客観化されてしまうのである。

大学に入ると間もなく、赤線が廃止されることが決り、(ちょうど、廃止される直前の都電に、一度だけでも乗っておこうという客が殺到するように)私たちは新宿二丁目をめざした。

生れてはじめて、娼婦《しょうふ》と二人きりになった私は、ひどくぎこちなく、何か共通の話題を見出そうとして、出身地をきいたり、親兄弟のことを訊《き》いたが、彼女の方は私の身許調査的口ぶりを軽くいなして、

「さ、早いとこ脱ぎなさいよ。パンツの中は、熱くなってるんでしょ」

と言った。カーテンをひいて、ベッドの上。彼女がワンピースを脱ぐと、下は全裸だった。生れてはじめて見る女の生剝《は》ぎの白豚のような全裸を前にして、私は思わず生ツバをのみこみ、

ダ・ダ・ダ・ダーン!

とつぶやいた。来たるべきものが来たのだ。ダ・ダ・ダ・ダーン! だが、彼女は私の真意を解せずに、

えッ? と訊きとがめた。どうしたの、学生さん、あんた、頭おかしいんじゃないの?

間抜けの鷲鳥、役立たず!

ベートーベンは楽聖である。私がベートーベンを好きになれないのは、野球のジャイア

ンッ、相撲の大鵬を好きになれないのに似ている。それは、すでにできあがった権威であり、ゆるぎない古典だからである。ダ・ダ・ダ・ダーン。「このように運命は戸を叩《たた》く」とベートーベンはシントラーに語っている。

だが、運命はノックしたりせずに入ってくるのではないか。と、私は思っていたのだ。大仰な予告や前ぶれ、ダ・ダ・ダ・ダーンとやってくる運命のひびきは、運命そのものをつかまえた！　と思いこむ傲岸《ごうがん》さであって、ほんものの運命の方は正体をあらわすことなく、いつのまにか歴史を記述している。ベートーベンに独占私有される「運命」とは何の謂《いい》ぞ！

ベートーベンの本名は「ルートヴィッヒ・ヴァン・ベートヴェン」である。一七七〇年の十二月十六日にボンで生れた。父親は、宮廷のテノール歌手であり、アルバイトとして貴族や良家の子弟にピアノと声楽を教えていた。

「真面目な目つきで、顔にはどことなく瘢痕《はんこん》があり、薄いちぢれ毛の持主」(家主ゴットフリート・フィッシャー)の父親は、酒が好きで飲むと人が変ったようになるのだった。古典音楽畑、とりわけ声楽家には性来の陽気な快楽主義者か、生真面目な様式主義者の二通りあり、後者には男色家か酒ぐせが悪くて飲むと人が変ったようになるタイプがあるが、父親のヨハンはその典型だったのかも知れない。このヨハンについては、飲むとサディスティックになって、息子のベートーベンを叩き起して真夜中にピアノのレッスンをさせて自分は眠ってしまい、ベートーベンがやめようとすると「怠けるな」と言って殴りつけた、といったエピソードと、「しかし、ヨハンはぶどう酒の良否を判定する聞き酒上手で、愉快な飲み手であり、それ自体では決して悪い酒癖はなかった」（ゴットフリート・フィッシャー）という擁護説とがある。

いずれにせよ、ベートーベンの少年時代は同じ宮廷音楽家の子でもモーツァルトのように姉と二人で詩を語るようなものではなく、台所へしのびこんでぶどう酒の味見をしたり、弟と一緒にニワトリ泥棒をしたりするようなものであり、その伝記の行間から推理すると、いささか偏執的なところのある、わがままで独善的な性格だったと思われるふしがある。

たとえば、クリスチャン・ミュラーによると、

「幼いベートーベンが自分の部屋でバイオリンの練習をするときは、天井から蜘蛛《くも》を一匹つかまえてきて、これをバイオリンの上にのせて弾くことをよくやった。あるとき母親が息子のこの友だちに気がついて、つかまえて殺してしまったところが、彼は怒ってバイオリンを打ちこわしてしまったのであった」

ベートーベンは、怒りっぽく、即興演奏の好きな男で、人に指図されることをきらい、「楽譜通り弾くピアニスト」を軽蔑《けいべつ》していたが、それはベートーベンの音楽観から生れた思想というよりは、彼の自尊心に由来していたものだ、と思われる。そして、その性格は長じてからもかわることがなかった。

ライの『ベートーベンの性格』という書物によると、ベートーベンが三十歳すぎてから、恩人のリヒノフスキー侯の邸《やしき》でパーティーがあった。町は占領されていて、リヒノフスキー侯はフランス軍の将校も数人招待してあった。

宴もたけなわの頃、リヒノフスキー侯は思いついて、「ちょうど今、わたしの邸にベートーベンが滞在しているから一曲弾かせましょう」ということになった。

物心両面で世話しているスポンサーのリヒノフスキー侯の依頼であり、だれもそれを拒むことなど予想していなかったが、フランス軍人ぎらいのベートーベンは、それを断わった。びっくりしたリヒノフスキー侯は、じきじきベートーベンの部屋まで出かけて、「わたしの立場もあるから、是非一曲たのむ」と言った。すると、ベートーベンは返事するかわりに侯にむかって椅子を振りあげて投げつけようとした、というのである。そして、荷物をまとめて侯の邸を出て自分のアパートへもどるなり、飾ってあった侯の胸像を叩きつけてこなごなにしてしまった。弟を殴ることはしばしばあったが、あるときは甥《おい》のカルルと口論し、脱腸帯をつけていた彼を椅子から引きずりおろすときに身体をひねって、カルルは気絶してしまった。ベートーベンの乱暴ぶりのなかで、面白いのは女性をののしる言葉である。女性には手を出せないので、言葉で暴行したわけだが、その豊富な形容ぶりは武川寛海の『人間ベートーヴェン』にたっぷりと紹介されている。

「魔女ばばあ！」「古雑巾！」「使い古しの哺乳類《ほにゅう》！」「メス！」「間抜けの鵞鳥！」「役立

たずの台所女！」「どうにも教化しようのない悪意の下層民！」

ナポレオンは知らない

ベートーベンが家政婦を「悪意の下層民！」とののしることと、交響曲第三番変ホ長調『英雄』を書いたこととは、無縁ではない。

俗説では、ベートーベンはフランス初代の執政官ナポレオンに献じるため第三交響曲を書いていたが、ナポレオンが皇帝になったときいて、「あの男も権力好きの俗物にすぎなかったか！」と溜息をつき、「これからのナポレオンは、民衆の権利をふみにじる、ただの暴君の一人にすぎなくなるだろう」と言いながら、「ナポレオンのために」という献辞を削ったということになっている。そして後年、第九交響曲の中に、

すべての人間が兄弟になる
抱きあおう数百万の人々よ

と詩を書いた共和主義者のベートーベンらしいエピソードとして知られているのだが、しかし私には彼のいくつかのシンフォニーから共和主義を感じることなどはできない。あの、荘重な曲想の底を流れているのは、「音による支配」「楽器が生み出す権力」をさえ思わせる。

それは使用人を殴りつける暴君の、幻想の産物である。ベートーベンと同世代のナポレ

オン・ボナパルトは、一介の砲兵から身を起して、戦いのたびに男をあげており、ベートーベンはそのナポレオンの中に、あこがれに似た感情をいだいて、このシンフォニーを作曲した。

周知のように、『英雄』の第一楽章は「ある英雄の生涯と死」、第二楽章は「葬儀」、第三楽章は「墓前における休戦」、第四楽章は「葬式の饗宴《きようえん》と英雄の賛歌」となっていてその大部分は英雄の死を扱ったものだが、ナポレオンが皇帝となってみると、存命の皇帝に彼の死をつきつけることができないので、いまいましく、

「あの男に捧《ささ》げるのは止《や》めた！」

とあきらめざるを得なかったのである。

ベートーベンは、ナポレオンの悪口を言うようになったが、しかし内心ではいつもナポレオンに逢いたいと思っていた。パリにいきたい、と口にしていたベートーベンは、「行けばナポレオンに挨拶しなきゃならないのかね？」

といまいましそうに言っていたが、「その必要はないですよ」と言われると、あきらかにがっかりした顔をしたそうだ。やがて、ベートーベンが『戦争』（ウェリントンの勝利、あるいはヴィットリアの戦い）を作曲している頃、ナポレオンの戦争が不調になり、やがてエルバ島に流された。ベートーベンは得意そうに、

「おれの音楽が予言したことになりそうだ」と言いながら、内心の失望はかくせなかった。

ベートーベンにとって、ナポレオンはつねに話題の中心であったが、ナポレオンの方は死ぬまで一度もベートーベンの名を口にしたことなどなかった、と言われている。

ブレヒトが「英雄のいない時代は不幸だが、英雄を必要とする時代はもっと不幸だ」と言った言葉は、そのままベートーベンの音楽にあてはまる言葉でもあるようである。

聾者には聾者の国家

ベートーベンが、偉大な作曲を残しながら、聾者だったことは、誰でも知っている。その原因には、梅毒説、耳硬化症説、内耳疾患説の三つがある。

だが、一九六四年のドイツの『喉頭《こうとう》病学、鼻科学、耳科学およびそれらの境界域のための雑誌』で、A・ラスキエヴィッチという人が重症チフス説を発表したと、武川寛海が紹介している。無論、ベートーベンの梅毒説は根拠のない話ではない。彼の書簡にはしばしば「下半身を患うなやみ」が綴《つづ》られていた。彼が死ぬまで結婚しなかったのも、病気の後遺を気にしていたからだ、という説もある。

だが、恋人は何人かいて、残されてあるラブレターの宛先《あてさき》がだれだったかについて、研究者たちの意見は、まちまちなのである。挙げられている名は、ジュリエッタ（月光の曲を捧げられた）、テレーゼ（肖像をいつもしまってあった）、ヨゼフィーヌ（テレーゼの妹、人妻）の三人で、いずれもベートーベンのピアノの弟子だったそうだ。

問題は、残されてあるラブレターの書かれた年代がわかれば、相手が誰なのかもわかるようになっている。しかし、それがわからぬまま謎《なぞ》となっているのだ。私は、この宛先のないラブレターの成立もまた、『英雄』と同じようにベートーベンのエゴチズムの産物ではないかと考える。ベートーベンには恋ごころだけがあり、相手はだれであれ、そのとき自分のまわりにいる女であればよかったのではないか、と。

ベートーベンの音楽に渦巻いている、このエゴチズムの美学が、当時どんなに前衛的であったにせよ、私には「偉大な小人物」の芸術のように思われてならない。ベートーベンの考えた人間は、いつでも五線紙の中でしか生きられず、それはベートーベンの強固な自己肯定のエネルギーの背景でしかなかった。だからベートーベンの音楽は、危険な音楽であり、田舎生れの大男のような多くの特色をもっていた。

私がもし、ベートーベンを羨《うらや》むとしたら、それはただ、彼が聾者だったという一点にかかっている。「盲目には彼らだけの見る夢があるように、聾者にも聾者だけしか聞けない音楽があることはすばらしいことである」

エジソン

エジソン　Thomas Alva Edison（1847－1931）アメリカの発明家。オハイオ州ミランの生れ。正規の教育を受けず，駅の電信係になって電気の勉強をしながら，1868年電気式投票記録装置と相場通報機を発明した。以後，電信機，電話機，蓄音器，白熱電燈，無線電信，映写機，電気鉄道など多数の発明および改良に成功，その数合計1097種類におよんで世界の発明王といわれた。また82年，世界最初の中央発電所とエジソン電燈会社を設立・経営して電気の普及につとめた。

私の電話　見えない人間のたのしみ

私には「九時」というニックネームの友人がひとりいる。

だが、私は彼の本名も知らなければ、顔も見たことがないのである。はじめ、まちがい電話がかかってきて、それから世間話をするようになり、しだいにしたしくなって、九時にベルが鳴るという習慣が生れた。

私たちは、それ以上お互いについて知ろうともせず（というよりは、このミステリアスなつきあい方が気に入って）詮索《せんさく》もしないようにしている。

主な話題は馬のことであって、金曜や土曜の夜には長電話になることが多い。ニホンピローエースという馬は、父馬も母馬も鹿毛《かげ》なのに、なぜ栗毛《くりげ》色をしているのだろうか？とか、ナスノミツルは、見えない片目の方にカーブするときに加速するが、あれはなぜだろうか？　といったことである。

私はときどき、「九時」について想像してみるが、それは競馬場によくごろごろしている、腹巻に雪駄《せった》の戦中派の男なのか、あるいはソフトをかぶった、インテリやくざ風の遊び人なのか、競馬新聞を隅から隅まで検討する、学究派の知識人なのか、まるでわからないのである。もしかしたら、町のどこかですれちがったり、馬場で隣りあわせでレースを観たりしていることがあるかも知れないし、相手は私のことをしらべあげてしまっているかもしれない。それでも、そのことについてだけはふれないでおく——といった交友のしかたには、どこか日常的でないものがあって、私は好きである。

一言で言ってしまえば、電話のたのしみは、じぶんが「見えない人間」になれるということである。ちょっと声色を変えさえすれば、誰にでも変身することができる。

声をかえて、じぶんの妻を誘惑しようとする倦怠《けんたい》期の夫、人まちがえされる期待、じぶんが誰であるかを決めてもらうために、片っぱしから電話をかけては、名乗らずに、

「ぼくが誰だかわかるかい？」

だけをくりかえしている内気な男。

人はだれでも、長電話の最中に、じぶんが会話している相手が、ほんとうにじぶんの思っている相手だろうか、と不安になることがあるのではないだろうか？　実は、とりかえしのつかぬような心の秘密を、見知らぬ相手に打ちあけてしまったような後悔、話相手の顔色が見えぬといういらだち、たった一本のコードではこばれてゆくさまざまな人生の交歓。

電話を情報社会の便宜的な道具としてしか見ない人たちには、女の長電話の謎《なぞ》、「独身者のための機械」としてのエジソンの発明の偉大さは解明されない。だが、電話は、現実原則の人間関係に対応する、もう一つの空想的な社会を構成しており、それが目に見えて

いる日常的な現実に、さまざまな意味づけの役割を果たしているのである。

電話が発明されたのは、一八七六年である。当時二十九歳のトーマス・エジソンは、人間の声を遠くにおくることを真剣に考えていた。もし、ワシントンにいながら、ニューヨークにいる人間と話をすることができたら、一人の人間が二つの都市に存在することができるだろう。

三〇年頃から、ページというアメリカ人が、鉄棒に針金をまきつけて、それに電流をつうじたり切ったりする作用の反復を実験していたが、それによって磁気化されたり、磁気を失ったりするにつれて、鉄棒がかすかな音を出すことを発見していた。六一年になってドイツ人のフィリップ・ライス教授は、この原理から、一つの音を再生する受話機械を作りだしたが、その音は「人間の声」ではなかった。しかし、この受話機械がもとになって、多くの科学者の電話発明競争がはじまったのである。電話の発明は、特許の申請の手続きによって、グラハム・ベル、エリシャ・グレイ、トーマス・エジソンという順になっているが、ベルの電話はマグネット型で、隣の部屋までしか通じないというものであった。エジソンのは、ベルのより数か月おくれたがカーボン・マイクロフォン（炭素送話機）を用いたもので、現代の電話である。その原理は、振動するふたをもった炭素の箱をつくり、その中へ炭素のつぶを充満させて、ふたが振動するたびに炭素のつぶにふれて電流の強さを変化させるという仕組だ、と文献には書かれてある。

だが、私にはその原理などまるで理解できない。ただ、人間の声を肉体から切りはなして遠くへ運搬してゆく機械を発明する男は、やがては人間の声だけではなく、魂をも切りはなしてしまうのではないか――もし、エジソンが二百歳まで生きていたとしたら、彼の発明はどのように政治化されただろうかとおそろしい気もするのだった。

私の蓄音器　あなたに話しかける円盤

少年時代に、ディック・ミネの『夜霧のブルース』が好きであった。

私は、そのレコードがすり切れるまでかけた。私の母は、『夜霧のブルース』のかかっている夜に、父の訃報《ふほう》をうけとり、そのあとで、闇《やみ》屋に配給米をだましとられたときにも『夜霧のブルース』がかかっていたので、すっかりこのレコードがきらいになり、『夜霧のブルース』がどこかでなり出すと、この次はどんな悪いことがおこるだろうか、とびくびくするようになった。

だから、私はこのレコードを屋根裏でしかきくことができなくなったのである。ところで、この唄をうたっているディック・ミネとは何者だったのだろうか？

人間そっくりの声を出すこの円盤。どんな風にしてうまく体をちぢめても、三十センチにもみたない円盤の中に、人間がかくれるということは不可能である。私は、この円盤がまぎれもなく人間とはべつのものであるということをみとめ、そして、人間よりうまく歌をうたう「円盤」が存在することに、おそろしいものを感じた。円盤はどこに住み、どのような家庭生活を営み、何を食べて生きるのか？　考えれば考えるほど、謎であった。

しかも、円盤はじぶんから歌をうたうが、こちらの話しかけることには全く応えてくれない。これが、ただの「音声複写」であることを理解するには、私は幼なすぎたのである。

一八七七年、エジソンが、口をきく機械、人声で歌う機械としての「電気蓄音機」を発明したとき、それは、電話の発明のバリエーションにすぎなかった。手まきのハンドルをまわすとスズ箔《はく》をはりつけた円筒がまわり出す。それへラッパの振動板についた針のさきが、波形に溝をきざみつけて人の声を吹込んでいくもので、かんたんな仕掛けのように見えた。だが、吹込まれた声がそれにとどまって、吹込んだ人間から切りはなされ、吹込んだときのままの同じ思想、同じ唄を何年でもくりかえすということを誰がいったい予想することができただろうか？　私は、後年になってから、ほんもののディック・ミネの肉体をみた。

彼は、顔にしわがあり、背は高いが、ごくありふれた中年の男であり、私の円盤とどのように似通っているとも思えないのであった。

ただ声が同じだけで、彼は、私のディック・ミネではなかったように思われる。

私の電気　コードがあることが重要だ！

エジソンの発明が、人格の道具化、人格の機械化といったものをはらんでいたとすれば、現代人たちはそれを裏返して、道具の人格化、機械の人格化をめざしているように思われる。

私はレコード屋の片隅で、よく「このレコードはあなたに話しかけます」という輸入盤のレコードを見かけることがある。

孤独な独身者で、家族も恋人も持たない男が、雨の夜にひとりでしみじみときく「話しかけるレコード」の中身は何か？　それはたいてい、童話のレコードである。

子供の頃、眠れない夜に枕許で読んでもらった童話の本が、声になっているだけのことであるとわかっていても、人たちはそれを買って帰って家族の扱いをするのである。

「にんげんの友だちはたくさんいるが、にんげん以外の友だちも持ちたい」と思う人には勿論《もちろん》、「にんげんの友だちは一人もいないので、せめてにんげん以外の友だちでもいいから持ちたい」と思う人にとって、話しかけるレコードは、幸福論に早がわりする。エジソンが空想から科学へとたどった回路を、現代人は科学から空想へと逆行することで有用化している部分を見おとしてはならないだろう。

エジソンは一八四七年に生れ、九歳のとき「低能児」という理由で、小学校を退学させられている。十二歳で鉄道の新聞売り子になったが、十五歳頃から、電気にとりつかれ、やがて町の電信局をひらくようになる。

後年になって、じぶんの発明した録音盤に『軍艦ピナフォア』の替え唄で吹きこまれたように、

おれは電灯の魔法使い
それに頭もさえている

彼の発明はことごとく「電気」からはじまっている。エジソンにとって電気とは何か？五歳の時をエジソンは自分の回想録の中でこんなふうにふりかえっている。

「わたしがミランにいたとき、町で一番大きな店のわたしと同じ年くらいの息子とふたりで町はずれの小川に水泳に出かけた。わたしたちは、しばらくそこで遊んでいたが、そのうちに相手は川の中で見えなくなった。わたしは彼が出てくるのを待っていたが、日が暮れて暗くなってきたので、待つのをやめて家に帰った。その夜わたしは起されて、相手のことをきかれた。

相手が最後にいっしょにいたのがわたしだということをききこんだらしい。わたしは相手が出てくるのをどんなに長く待っていたかということを話した。人々はその川にいって相手の死体を引きあげた。町じゅうの人があかりを持っていたようだった」

エジソンは、この手のあかりを線でむすぶことを果した最初の人間である。個別的なあ

かりを、線によってむすびつけ、電信という連帯形式を発明したとき、人はその合理性だけに目を向けたがるが、私には世界ではじめての共同体といったものの抽象化を見る思いがする。

「わたしはわたしの家と森のむこうにある一軒の家との間に電信線をはった。その線はストーブの煙突をつるのに使った針金だった。木の幹に大きな釘《くぎ》を打ち、それに小さなガラス瓶《びん》をさしこんで絶縁物にした。この電線はうまく作用した」（エジソン『回想』）

森の中をはだしで駈けまわり、自製の電信線を張っていたエジソン少年が、やがて大都会の孤独な生活者たちの声と声とのあいだに電信線を張りめぐらす電話を発明し、見えない人間を実在化し、スクリーンに光と影だけの人間のドラマをうつし出して、幻想に市民権を与えたことを思うとき、私はエジソンの発明を、幸福論としてみないわけにはいかない。

エジソン自身が言うように、彼の発明は「頭の小さな資本家のためではなく、たのしみのため」につづけられたのであり、それは少年時代から孤独でだれにも愛されなかったエジソンが生涯かかってくりかえしつづけた人間関係の拡張といったことだったように思われる。

私のエジソン《良いアメリカ人》

「電気というのはね、胴の長いイヌのようなものだよ。尻尾《しっぽ》がスコットランドにあって、頭はロンドンにあるんだ。だからエジンバラで尻尾をひっぱると、ロンドンで吠えるのさ！」（マシュウ・ジョセフソン『エジソンの生涯』）

手のとどかぬところ、目に見えぬところに点在するものをつなぐために、光、影、幻想を実在化する発明。すなわちエジソンの電信の本質をいまでは誰でも考えることがなくなった。

ニューヨークの大停電のときに、はじめて月の光のあることを思い出したニューヨークの市民たちのように、人間関係の疎外の極北にいる人たちでもなければ、コードの社会性、あの細い一本の電線を通して数百万の孤独な肉声が友を求めて大都会の空を交錯していることを思い出したりすることは、ないだろう。

人は、みなエジソンを「発明王」という一語で片づける。

「エジソンって言うと、何を思いうかべますか？」

と、二、三人が喫茶店で集まってるところで、それとなく訊《き》くと、中のひとりが、

「ああ、あれは戦争中に学校の教科書で扱われた、たったひとりの《良いアメリカ人》だよ。ほかはみんな鬼畜米英だったが、エジソンだけはべつ扱いだった」

と言った。

「なぜだか、おれにゃわからんがね」

イソップ

イソップ　Æsop（アイソーポス Aisopos）『イソップ寓話集』で知られる紀元前600年頃の古代ギリシャの寓話作者。小アジアのサモスの奴隷だったが，機知に富み，話術にたけていたので，解放されて自由民になったといわれる。伝記は不詳。彼自身の作った話のほか当時の民間伝承などを追加増補，前3世紀頃から編集されはじめ，のち集大成したものが現在の『寓話集』で，寓話文学の先駆とされる。

ネズミ・ジェネレーション

はじめに一つの寓話がある。

「ある一軒の家で、ヘビとカマイタチが喧嘩《けんか》をしていました。この家のネズミは、いつもこの両方から食われていたのですが、彼等が喧嘩をしているのを見るために、そろそろと歩いて出てきました。しかし、彼等はネズミを見ると喧嘩を止《や》めて、ネズミにおそいかかってこれを食べてしまったのです。このように、国においても、煽動《せんどう》政治家たちの争いに自分の身を投ずる者は知らず識《し》らず、自分が両方の犠牲になるものです」(第二八九話)

なるほど、と私は思った。

イソップの寓話は、いまでもサラリーマンたちの中に生きているようである。

この寓話のように、大部分のホワイトカラーに属する人たちは、ヘビとカマイタチが喧嘩をはじめても、決して「見よう」と思ったりはしない。勿論《もちろん》、カマイタチがヘビに巻かれて助けを求めようと、そのカマイタチが七匹の子持ちであろうと、知らないふりをすることが処世の知恵というわけである。

だから、この寓話が書かれてからというもの三千年近くのあいだ、ネズミたちは政治や社会の中での問題が発生するたびに、マイホームの屋根裏に身をひそめて、たとえヘビがアメリカでカマイタチがベトナムであろうと、ヘビが自民党で、カマイタチが社会党であろうと、何はともあれ無関心でいさえすれば長生きできると思いこんできたのである。無論、賢明なイソップが長い歴史の中でのネズミの末路を見抜いていなかったわけではない。べつの寓話では、

「弁論家のデーマデースが、アテネで政治について演説をしていましたが、誰もきいてくれません。そこでデーマデースはイソップの物語をしました。『デーメーテール様と燕《つばめ》とウナギとが同じ道を歩いていました。彼等はある河岸にやってきた時に、燕は空に飛び上り、ウナギは水にもぐりました』。ここまで話してデーマデースが口をつぐんだので観衆は、『ところでデーメーテール様はどうなったのですか?』と訊《たず》ねました。彼は『国家の大問題を考えずにイソップの物語なんかに夢中になるような諸君に腹を立てておられる』と言いました。こういう風に人間において必要なことをおろそかにして面白いことの方を選ぶ人は、無思想だと笑われるのです」（第九六話）

と書いているからである。

つまり、イソップは「問題が起きたら考える必要はある」、しかし「その問題に身を投じてはいけない」と言っているわけである。

だからネズミたちは、原爆について考え、沖縄について考え、ベトナムについて考え、公害について考え、何についてもよく考えるが、しかし決してその問題の解決については

「身を投じない」ということでイソップの教訓を守っているのである。

欲ばりのすすめ

　セーラー服の女学生をひとりつかまえてインタビューしてみる。

「イソップを知っている？」

「知ってるわ」

「どんな話？」

「教訓でしょう？　たとえば、一匹のイヌが肉片をくわえて河を渡ろうとするとき、河にうつっている自分を見て、肉をくわえたべつの犬だと思うの。そこで、その肉も自分のものにしようと思って河に跳《と》びかかってゆき、結局両方とも失《な》くしてしまう、というのを先生が話してくれたわ。つまり、欲ばると何もかも失くしちゃうということなのね」

「タメになる？」

「なります」

「だが、その寓話をよく考えてみると、イヌが肉片を失くしたのは、欲ばったからじゃなくて、河にうつっているのが自分だということを知らなかったということになるんじゃないの？　もし、その犬がどんなに欲ばりでも、無知じゃなかったら、肉を失くしたりしなかったかも知れない」

実際、欲ばりじゃなかったら資本主義社会で成功することは出来ないし、その言い方にしても「欲ばり」と「欲望が大きい」と言うのでは、ニュアンスがまるでちがってくる。

「この教訓は、自分以外の人に禁欲をすすめて、自分だけうまくやろうとするイソップの陰謀だということも出来るから」

と私は言った。

女学生はちょっと不満そうだったが、この冬には新しいセーターを買うつもりでいたから、（もしも新しいセーターを欲しがると、今着ているブラウスまで失くしてしまう、と思いたくなかったらしく）あえて反論はしなかった。

イソップの寓話は、どれもこれも「我慢しなさい」ということばかりで、保守的で、現代的じゃないね、と私は言った。たった一片の肉を手に入れたら、他の肉は欲しがるなという教訓は、現代人を説得する力をもたない。

むしろ、誰もが沢山の肉片を欲しがっているイヌの社会では「せめて自分の肉を失くさない知恵を身につけてから、他の肉へ目をむけよ」という教訓の方が力を持ってひびいて来るように思われる。

私は、たかが一片の肉では満足しないイヌであるから、イソップの「我慢のすすめ」には与《くみ》しない。たとえ、この寓話が、「一人の妻をめとったら、他の女に目を向けてはならない。他の女をほしがると、一人の妻まで失ってしまう」ということを物語っているとしても、ジェーン・フォンダだの、べべだの浅丘ルリ子だのが目の前で着替えをはじめたら、イソップの訓《おし》えにしたがって気がつかぬふりをすることなど、どうして出来ようか？

寓話にツバをかける

イソップの本名は、アイソーポスだそうである。一説によると、アイソーポスはギリシャでもっとも醜い男であり、頭がとがっていて目玉がバセドー氏病のように飛び出し、鼻は典型的な獅子《しし》鼻で、首は猪首《いくび》。色はどす黒く、下腹は便々たる太鼓腹で、足はひどいガニ股《また》だったということになっている。（プラヌーデス『アイソーポス伝』）

だが、私は自分の目でたしかめたわけでもないから何とも言えない。これほど条件のととのった完璧《かんぺき》な醜男《ぶおとこ》がいるとも思えないが、イソップ自身も後世の学者も、イソップの容《よう》貌《ぼう》については何の弁明もしていないのである。イソップの生れた国はトラキアともリュディアともプリュギアともいわれているが、くわしいことは何一つたしかでない。前六世紀頃のアマシス王の時代に、有名な遊び女ロドピスとともにサモス人アドモンの奴隷だったという古記録が残っていることだけが唯一の手がかりである。

当時の奴隷は、いわば売買される「道具」のようなにんげんであるが、ロドピスやイソップは、道具のなかでも特殊なものであったことだろう、と思われる。つまり、労働力としてというよりは、遊び道具として、単純な生産手段ではなく玩具《がんぐ》としての効用が重んじられていたのだ、と思われる、のである。

〈声を出す道具〉（ウァロ）、〈生命のある道具〉（アリストテレス）としての奴隷だったイソップとしては、より重宝がられるためには使用者をよろこばせる話を作りだす必要があった。だから、話は平明でわかりやすく、飽きないような工夫がこらされているだけではなく、その思想がつねに「使用者をよろこばせる」ものでなければならない。イソップの物語の本質は、「主人持ちのユーモア」であり「奴隷の教訓」であり、べつのことばで言えば奴隷仲間への裏切りにつながるものであったことは否めないだろう。

どの寓話も、あきらめとがまんの教訓であり、彼はそれらの寓話を生みだした功績によってやがて奴隷から解放されている。

イソップにとって「奴隷」であることからまぬがれることは、奴隷制度を撤廃することなどではなく、あくまでもじぶんだけが使用者のお気に入りになって解放されることであった。

そして後年リュディア王クロイソスの宮廷でぬくぬくと裕福な生活を送っている。ペイシストラトス治世下のアテナイを訪問し、革命さわぎの市民たちを得意の寓話でなだめて王位の安泰をはかってやったというエピソードにしても、イソップの「何事も変化しないにこしたことはない」という保守的思想がよくあらわれて、奴隷の魂一〇〇歳までといった印象を与える。

こうした日和見《ひよりみ》主義者が、時にはひどく官僚的に振舞うのは世の常だが、晩年にデルフォを訪問して、彼らを侮辱して、暗殺されたということになっている。

醜男で猪鼻のイソップおじさんが、なぜ暗殺されなければならなかったのか、どんな史実にも記録は残っていない。しかし、彼の寓話は、奴隷のユーモアであり、「長いものには巻かれよ、他人の愚かさを利用せよ」といった卑屈なものなので、彼が小策を弄《ろう》して失敗したかデルフォ人を小莫迦《ばか》にして怒らせてしまったのか、まるでわからない。ここに見られる道徳的規範は、「偉大な小人物」の処世のためのものであって、ギリシャの海の青さの前で、大自然の雄大な叙事詩の前では、たちまち色あせてしまうようなものばかりである。

「漁師たちが漁に出かけて長いあいだ骨を折ってみましたが、一尾も捕えることができませんでした。で、船の中に坐りこんでがっかりしていました。とかくするうちに、追っかけられて凄《すご》い音をたてながら逃げてきた一尾のマグロが知らずに彼等の中に躍りこみました。彼等はそれを捕えて町へ行って売りました。こういう風に技術の与えられないものには、偶然が力を貸してくれるものです」(第二二話)

では、皆さん。船の中に坐りこんで、がっかりして待つことにしましょう。世界が滅亡するまでには、まだ充分時間がある……。

イソップを信用するな

「海狸《ビーバー》は沼に住んでいる四足の獣です。この海狸の陰部はある病気に効くと言われていま
す。ところで、あるとき人が彼を見つけてそれを切り取ろうと思って追いかけまわした時
に、彼は何のために追っかけられているかを知ると、自分の身を全うするために自分の陰部を切り取って投げ出しました。こうして命を助かりました。
こういう風に、人間においても金のために襲われ、安全に危険を脱するため、それを惜しまない人は賢い人です」(第一五三話)

この寓話の「陰部」はさまざまにあてはまる。しかし、ここでは日本を海狸にたとえ、陰部を沖縄にたとえるのでは、もっと多くの紙数をもって論じなければならなくなるので、過日週刊誌をにぎわした事件を思い出してみることにしよう。

私の友人の美人作詞家が強盗に押入られた。彼女は、独身でアパートの一人暮しだったので、強盗に入られて「騒ぐな」とドスのきいた声で脅《おど》かされるとびっくりしてしまった。強盗は有金残らず奪ったあとで、彼女をナワでしばろうとした。そこで彼女は「自分の身を全うするために」ナワにかかった。すると強盗は彼女に「恥ずかしいポーズをさせて」それを写真にとりはじめたのである。彼女は人に好かれる性格だったし、人に恨みを買うこともなかったが、強盗は何をするかわかったものではない。そこで「安全に危険を脱す

るために、それを惜しまない」イソップの教訓通りにして「命を助かった」のである。だが、彼女がほんとに「賢い人」だったかどうか私にはわからない。週刊誌の関心はもっぱら、彼女の「恥ずかしいポーズ」を想像することに集中し、彼女が「抵抗しなかった」ことへの不審の目に終始したからである。たぶん、イソップは、彼女の事件後の失踪《しっそう》と好奇心たっぷり七十五日のゴシップについては口をつぐむことだろう。

陰部を切り取った海狸にしたところでその後幸福になったと誰も保証できない。性生活のなくなった海狸を「賢い人です」と言ってのけるイソップは、なぜ「海狸を人が追いかけまわすことの理不尽さ」について諷刺《ふうし》したり論難したりしないのだろうか？

命は助かっても陰部（この訳語は山本光雄・岩波書店版）のなくなった海狸の半生は悲劇というほかはない。いかにして身を守るかという寓話は、いかにして人を不幸にしないですむかという現実行為の半分も役に立たないのである。イソップの物語は、読み捨てるギリシャ小話として、ある奴隷の処世術例としてとどめておくべきで、役立てようとすると知らず知らずのうちに奴隷の思想がしみこんでしまうようである。

「庭師の犬が井戸に落ちました。庭師は犬をそこからひき上げようと思って自分も井戸に下りて行きました。すると、犬は主人が自分を沈めにきたのだと思って、庭師に向きなおって嚙みつきました。庭師は助けるのを止めて井戸の外に出て『ああ、莫迦を見た。自殺者などは救おうとするべきではない』と言ったものです。ほんとに恩知らずはいるもので

す」（第一五五話）

死にかけた犬の誤解もとかずに、「ああ莫迦を見た」というイソップ。抵抗も救済も、じぶんの得にならなければしない知恵者のモラルは、きわめて現代的である。

そして、このゾッとするようなエゴチズムが、小学校の教室で美しい女の先生の口から語られ、全国中に無数のイソップっ子が出来上ってゆくとき、世の中はますますアパシー（無感動）におかされてゆくことになるだろう。私はあらゆる処世術がきらいだが、とりわけイヌだのヒツジだのの名を借りて奴隷のモラルを説くイソップ物語は古本屋に叩《たた》き売りたい。

イソップおじさんは、うそつきだ。イソップおじさんは、うそつきだ。皆さん。イソップおじさんのように人生を軽蔑《けいべつ》するものは、軽蔑に価する人生しか、手に入れることができないのですよ。

ガロア

ガロア　Évariste Galois（1811－32）フランスの数学者。パリ郊外の生れ。ほとんど独学で勉強したといわれるが，少年時代から天才的頭脳を発揮し，群論について研究，高次代数方程式の解法の理論を発展させた。生前は不遇だったが，その論文は死後40年たって数学界の注目を集め，近代数学の発展に大きい影響を与えた。国王ルイ＝フィリップに反抗して投獄され，釈放後まもなく，恋愛問題にまつわる決闘で殺された。

決闘で死んだ数学者

一八三二年五月三十一日の朝早く、パリの南方の郊外ジャンティイのグラシェル池のほとりで決闘が行われた。武器はピストル。距離は三十五歩である。

三十五歩の間隔をおいて、二つのブリキ罐が黒土の中に埋められてあり、その間に二つのハンケチが敷いてあった。

介添人は二十歳になったばかりの少年決闘者を片方のブリキ罐の上に立たせ、もう一人の黒いフロックコートの紳士を他のブリキ罐の上に立たせた。四人の介添人は、決闘する二人の中間に、さがっていたので、ちょうど二等辺三角形の三つの頂点が形成されたように見えた。

モズが啼《な》いていたが、池から立ちのぼる冷たいモヤのせいで、すがたは見えない。介添人はこの決闘の規則について、しっかりした声で説明した。

「いいですか? 各決闘者は、『進め』という合図とともに十歩の前進が許されます。すなわち、いま立っている罐から、ハンケチの位置まで進んでいいわけであります。進むときは、ピストルの銃口を天に向けていることが規則です。そして、最初にハンケチの位置に到達した決闘者は、そこに立止って発砲します。

その場合、相手が前進したからと言って、必ずしも同じように前進しなくてもいいことになっている。相手の射撃を受けて、自分の発砲を控えても構わないのです。決闘者の一人が発砲した瞬間、発砲した者はその場に停止して、相手の射撃を受けなければなりません。しかし、つぎに発砲する者には、一分以上の余裕は与えられません。負傷した側は、射撃を受けた瞬間から、相手に発砲をかえすまで一分間の猶予が与えられます。しかし地面へ倒れてしまった場合には、起き上るまで二分間の猶予が与えられるのです。いいですか?」二人はうなずき、ピストルを受けとった。

「紳士諸君、用意はできましたか?」二人はもう一度、うなずいた。

「進め」

そして、間もなく朝の林に銃声がとどろいた。少年が、前方へのめり、操り人形のように揺れながら倒れた。フロックコートの男の方は身動きもしなかった。これが、不世出の数学の天才、ガロアの最期である。わずか二十歳で、『方程式の代数的解法に関する論文の解析』をはじめとする数々の業績を残した数学者ガロアの、決闘による死は、当時は何の話題にもならなかった。決闘の原因は、「つまらぬ情事のため」だと言われていたが、相手の女の名さえもはっきりしていなかった。

フロックコートの男、すなわちガロアに決闘を申し込んで射殺した男が、ガロアの情事の相手の婚約者だということになっていたが、それさえもさだかではないのである。

私は、天才数学者ガロアの決闘死について、少年時代から、幻想をいだいていた。しかし、今、こうして彼の文献のいくつかを照合してゆくうちに、数学史上の「事件」であるガロアの決闘死が、実はまったくの作りものであるという可能性を発見した。

だが、それは嘘なのだ

ガロアは決闘死したのではなく、実は「謀殺された」のではなかったか？

と、私は空想した。

当時、ガロアは政治犯としてサント・ペラジーの牢獄《ろうごく》につながれていたが、刑期切れの四月になる前にル・ワルシーヌ通りの保健所へ移された。コレラが流行している、という理由からであったが、実際は当時の危険な政治分子のガロアの拘留を長びかせるのが目的だったようにも取れる。何しろ、ル・ワルシーヌ通りの保健所は警察の管理下の病院で、所長のフォルトリエは「密偵」のような仕事をしていたと言われていたからである。

ガロアの数学的業績は残っているが、その伝記については、ほとんど何も記録されていない。ガロアの死に関しては、アレクサンドル・デューマ・ペールが『回顧録』の中で、「ガロアはペシュー・デルバンヴィルに殺された」と書いており、それが唯一の資料であるから、私たちはガロアの決闘の相手の名がペシューであったと想像する他はないのであるが、ペシューがただの「寝取られ男」だったのか、警察のスパイだったのかは、誰もあきらかにしていない。しかし、謎《なぞ》は無数にあるのである。

その謎を数学的に解くために、ガロアの愛読したラグランジュの『数学方程式の解法』を引用してみることにしよう。

「代数学とは、既知の諸量、あるいは既知と仮定されたる諸量の関数として未知量を決定する学問である。またそれは、方程式の一般的解法を見出す学問である。一般的解法とは、同次のあらゆる方程式に対して、その根のすべてを表わすような該代数方程式の係数の関係を見出すことにある」

そこで、この事件の「既知の諸量」は、

一、一八四九年の『新数学年報』Nouvelle annales de mathématique に「ガロアは一八三二年五月三十一日、いわゆる名誉の決闘なるものにおいて謀殺された」——と、「謀殺」ということばを用いている事実。

二、L・インフェルトの『ガロアの生涯』でインフェルトがあきらかにしたことは、これまでのガロアの伝記はすべてデュピュイのたった七十頁《ページ》の小冊子を原典にしているにすぎないが、それは学者の立場で書かれたものであって、その時代の時代感情までは反映していない。

三、ガロアの政治活動は、きわめてラジカルなものであり、しかも、獄中ではガロアの同志のデュシャトレが留置所の壁に断頭台にかけられているルイ・フィリップのマンガと、自由よ！　フィリップは自身の首をお前に供えるであろう。

という落書きをして、不敬の罪に問われている。

四、ガロアの死について誰よりも早いメッセージを発表したのは警視総監のジスケであり、ジスケは「共和党の革命分子ガロアの死は、ただの決闘死であるから、一切の政治的デモをしてはならない」と談話を発表したが、L・インフェルトによると、警察がスパイでも介入させなかったら、ガロアの決闘の詳細など知っている筈がない。「ただの決闘さ？」というジスケの有名な句は、実は背後の政治的暗黒を暗示していたのではなかろうか？

そこで、これらを「関数」として未知量の歴史的事実を決定しようと方程式を立てた場合、私はガロアは政治権力に謀殺されたという仮説を出すことができたのだ。一八四八年の革命後、臨時政府は多数の警察スパイと謀略を暴露したが、そのなかにはラジカリストの「謀殺」事件も多数ふくまれていた。

もし、ガロアが数学の天才でなかったら、この死は問われることなどなかっただろう。そこで、私は自分の答案に「ガロアは殺されたのであって、決闘で死んだのではない」と書きしるしておきたい。ガロアは殺されたのだ。ガロアは殺されたのだ。**ガロアは、一九七〇年代とよく似た状況の下でルイ・フィリップの政治的権力に葬られたのだ。**

権力は変らない、変るのは闘いだけだ

一口に言えば、ガロアの生涯は血なまぐさいものであった。ロマの『偉人演説集』を愛読書としている母と、大酒飲みで反カトリックの町長をしている父とに育てられ、少年時代から『解析函数論《かんすう》』や『微分積分講義』を読解し、十五歳ですでに五次方程式の解法に関する論文を書いた。

この論文は正しいものではなかったし、当時の教師たちは、ガロアの天才を見抜くだけの力がなかったが、この野望家で頭でっかちの負けん気の美少年は、同時に傲慢《ごうまん》で自尊心の強さでも他人にひけをとらなかった。一八二九年三月にガロアは『循環連分数に関する一定理の証明』という論文を発表し、つづいて、科学学士院へも論文を提出した。これは方程式論に関するもので、重要なものであったが、たかが十七歳の少年の書いたものと軽視して扱ったため、受理した学者コーシーが紛失してしまった。このことは、ガロアに大きなショックを与えた。

同じ年、ガロアの父は僧に町政へ参与させない制度を確立しようとして、カトリック派の反撥《はんぱつ》にあった。野党と、ブルール・ラ・レーヌの司祭は、「殺し屋をやとって」（『大数学者』小堀憲）ガロアの父を脅迫し、ノイローゼになった父は、自宅で首を吊《つ》って自殺した。ガロアは、数学の謎解きと政治的暗黒の謎解きとがいつのまにか二重性をもって感じ

られるようになり、政治的動乱を数学の方程式で解きはじめた。

一八三〇年、エコール・ノルマルの学生だったガロアは政治結社「人民友の会」に入り、学校新聞へ、学長の専制を弾劾する投書をしたため、退学処分になった。

さらに、科学学士院に送った「方程式が根号だけで解けるための条件」は、「疑わしい点が多すぎる」という理由で返送されてきたのだ。ガロアにとって、こうしたいくつかの事件が、すべてカッコで括《くく》られた一つの根号（社会悪）のせいだと思われるにいたり、彼は人民友の会を過激化することに熱中しはじめたのだ。

それからのガロアの行動は、一八三一年の七月に逮捕されるまで、きわめてはげしいものであった。彼は平気で、国王をなじり、「王の即位は企まれた陰謀である」と公言し、グレヴ広場へ行く途中逮捕されたときには武装したデモ隊を指揮するところであったが、彼自身も弾丸をこめたピストル、とぎすました短剣などをかくし持っていた。翌日の新聞は、「共和党、暴力分子ガロア逮捕さる」と大きく報道した。彼は獄中から友人にあてた手紙にこんな風に心境を語っている。

「ぼくは、信念としては、暴力を否定するが、心の中では肯定している。そして、ぼくは苦しみを受けたら、しかえしをせずには、いられないのだ。ぼくが研究にたちもどることはなかろうと、むごい予言をしているが、ぼくはそれに疑問をさしはさみたい。しかし、ぼく自身も、もう研究にもどれないのではないかと思うこともある。

それはつらいことだ――科学者になるためには、科学以外のことをやってはならないのだが、今のぼくにはそれができないのだ」と。

この手紙は、東大闘争で逮捕された山本義隆の獄中手記にあまりにもよく似ていることに驚かされる。歴史上の権力は変らない。変るのは年号だけだ、と言ってしまえば事は簡単だが、闘いだけは日々、新たになっていると運動家のKは言っている。

むろん、それは短剣が火焔壜《かえんびん》に、ピストルが角材に、というだけの変り方ではないだろう。

算術の少年しのび泣けり夏

どういうわけか、少年時代の私にとって、数学の世界はエロチックなものであった。

西東三鬼の、

算術の少年しのび泣けり夏

という句の中には、謎が解けずに、数学の暗闇《くらやみ》の中で泣いている少年の半ズボン姿が思いうかぶが、それは同時に童貞の少年が「はじまりかけている人生」の戸口の前で、途方にくれているようにも思われる。

セミの声がきこえてくる。

「ぼくは引き算がきらいです」

と、小学生だった私は父に言った。
「なぜだね？」
「引き算は、だんだん少なくなってゆくから、さびしいです」
「では足し算ならいいだろう？　数がふえるのは、賑《にぎ》やかでいい」
ボードレールは「数の増大は、陶酔につながる」と詩に書いたが、たしかに数がふえてゆくのはエロチックな気がして好きだった。
だが、わが家は父が死に、母が家を出て、「引き算」の末、答えは「私ひとり」となった。夾竹桃《きょうちくとう》の咲く借り家で、私は「引き算」や「足し算」よりも高等である函数方程式の宿題に熱中するようになっていた。
函数 x は、未知の友である。
二 x＝六　というときの x は三
二 x＝十　というときの x は五
二 x＝百　というときの x は五十
二 x＝千　というときの x は五百
二 x＝万　というときの x は五千
函数 x について思うことは、はじめは恋とか友情とかいったことであったが、やがては環境として、社会として、世界状態として考えられるに到った。そして、ガロアの数学の主題が、現代では「ガロア群」とよばれる一つの「群」の追及であったことを思うとき、彼の政治的関心と数学的主題とが無縁ではなかったことに気がつく。

ガロアは、順列、置換、群を扱いながら、方程式論における「単純および複合群の識別の観念」に挑《いど》みつづけたが、これは一介の町医者が、「病気を癒《いや》すためには、肉体だけを扱うのではなく、肉体を形成しているさまざまの要素――環境、社会、国家そのものの診断にいたらねばならない」と言って、革命運動にのめりこんで行って、叙事詩的な死を遂げたチェ・ゲバラの場合と、似通うものがあるように思われる。

ガロアの最後の手紙は、「どうかぼくのことを忘れないでくれたまえ。ぼくの名が祖国に記憶されるにふさわしいような人生を、運命はぼくに与えてくれなかった。ぼくは、君たちの友として死ぬ」と死を予告している。決闘の前夜の日付である。たぶんガロアは「たかが一人の女のために」決闘で死んだという方が正解なのかも知れない。しかし、私は「謀殺」されたという答案を書いて同時代の数千のガロアにささげたい。「実際に起らなかったことも、歴史のうちである」のだから。

シェークスピア

シェークスピア　William Shakespeare（1564−1616）

イギリスの劇作家・詩人。中部イングランドのストラットフォードの生れ。青年時代に故郷をぬけだし，ロンドンに出て俳優となり，のち座付作者となった。はじめ詩人として名を上げたが，『ハムレット』『リア王』『マクベス』『オセロ』の四大悲劇をはじめ『ロミオとジュリエット』『ヘンリー四世』『ベニスの商人』ほか約37篇の戯曲を作った。多数のソネットや叙事詩もある。

もしも心がすべてなら

もしもシャイロックが、みにくいワシ鼻の老人ではなく、誰にでも好かれるような二枚目だったとしたらどうだろう？

彼がユダヤ人問題について真剣に考え、差別と闘うために支配階級全部を敵にまわしてもよいという勇気をもった男だったとしたら。

シェークスピアの喜劇『ベニスの商人』第四幕の法廷の場面で、裁判官はこう言っている。

「真鍮《しんちゆう》のように固い胸からも、火打石のように荒っぽい心からも、親切さややさしさのかけらもない頑迷《がんめい》なトルコ人、ダッタン人からも、アントニオへの同情をひき出すことができる。

私どもは皆、おまえの慈愛にみちた返事を期待しているのだよ。どうだ、ユダヤ人」

このとき、シャイロックは「私はただ、証文に書いた通りの科料を取ろうと思っているだけです」と答え、その理由をユダヤ人独特の性癖として述べている。

「世の中には、口をあけている豚が嫌《きら》いな人だっているし、猫《ねこ》をみると気が狂う人もいる。風笛が鼻唄うたうのをきくと、小便が我慢できなくなる人もいる」「わしが、このような損な訴訟をつづける理由はアントニオという人間が嫌いだからです」

だが、シャイロックはこう答えることだってできた筈である。

「私がこのような損な訴訟をつづける理由は、正義のためです。あなたたちのユダヤ人への偏見をただすためには、他にどんな方法があったでしょうか？」

事は簡単なのである。金に困ったアントニオがシャイロックから三〇〇〇ダカットの金を借りる。抵当はアントニオの肉体の一部分である。

そして、返済の期限がすぎても三〇〇〇ダカットを返してもらえないために、シャイロックが抗議すると、「ユダヤ人の守銭奴」としてことごとく批難されて、やさしい心はどうした？　思いやりの心はないのか？　とナジられる。ここでは約束を破ったり、借りた金を返さなかったりしたことよりも、それを責めるものの方がユダヤ人だというだけの理由で論難されるという非合理の世界が支配しているのである。マヤコフスキーの詩ではないが、こうも言いたくなる。

もしも心がすべてなら
いとしいお金は
何になる？

ユダヤ人はシェークスピア嫌い

イスラエルへ旅行したとき、私はイスラエルの人たちがシェークスピアを毛嫌いしていることを知った。彼らは、シェークスピア劇の中にとび出すユダヤ人への偏見が、どれほど大きく、大戦時の「ユダヤ人狩り」に力を貸したかを知っているからである。ナチスの強制収容所で、ポーランドのワルシャワ・ゲットーで、ユダヤ人たちに拷問をかけた中のある男は、

「シャイロックを裁くような気持で、邪悪なユダヤ人を制裁した」とまで言ったものだ。

実際、『ベニスの商人』の「四幕一場」だけからでもユダヤ人を差別するような言辞が、蠅《はえ》のように無数に集められてある。

「誰かいって、ユダヤ人めを法廷に呼べ」

「お願いだ、ぼくたちがユダヤ人と問答していることを忘れないでくれ」

「このユダヤ人の心を和らげようとする位なら、君はどんな難問だって解決できるだろう」

「お前は、お前のカカトでナイフを研《と》がないで、魂の上でナイフを研げばいいさ。冷酷なユダヤ人め」

そして、シャイロックは守銭奴として扱われ（おどろくべきことだ。彼は倍額の金を払

うという金銭的な利得を断わって、自尊心のために訴訟を起しているのだから、守銭奴というよりは抑圧、屈辱と闘った頑固おやじというべきである)、私たちも、少年時代からがめつい老人を見るたび、「シャイロックのようだ」と言うことを教えられてきたのである。

こうしたシェークスピアのユダヤ人観の背後には、ユダヤ人のなかに早くからあった唯物的感覚への反撥《はんぱつ》のようなものが汲《く》みとれる。シェークスピアの時代には、富は金貨のいっぱいつまった袋であり、権力は目のくぼんだ王、肉体を持った陰謀家であった。

「私にはエドワードがいたが、リチャードに殺された。私にはヘンリーがいたが、リチャードに殺された。おまえにはエドワードがいたが、リチャードに殺された。おまえにはリチャードがいたが、リチャードに殺された」(『リチャード三世』第四幕第四場)

富も権力も、目に見えて手でさわることのできた時代の知識人が「目で見えぬ、手でされぬもの」への関心を強く持ったとしても不思議なことではない。シェークスピアの劇が書かれた一五〇〇年代〜一六〇〇年代にマヤコフスキーの詩があったとしたら、

もしも心がすべてなら
いとしいお金は
何になる？

と歌われることによってのみ、批評的であり得たのである。だが、現代では富も権力も、

手でさわったり目で見たりすることのできない存在になってしまった。ヤン・コットが言うように、

「シェークスピアの時代には、富は田畑や牧場や森や羊の群れや城や村のことであった。後にそれは胡椒《こしょう》や丁子《ちょうじ》を満載した船や小麦の袋ではち切れそうな大きな穀倉や葡萄《ぶどう》酒の詰った貯蔵室や、酸《す》っぱい革のにおいだの息のつまりそうな綿ぼこりだのを出しているテムズ川沿いの倉庫といったものであった。それらはいつでも目で見、手でふれ、鼻でかぐことのできるものだった」のである。そうした富が、マルクスの『資本論』に書かれているように文字に書かれた一枚の紙片にかわってしまった理由は、ここではそんなに重要ではない。

ただ、富も権力を非物質化した時代に生きる私たちにとって、シェークスピアの「非物質は心だけ」といった思い込みは、説得力を欠くものだ、ということだけは、間違いのないところだと言えるだろう。

私には、シェークスピア劇の中のユダヤ人が「心を持たない人間」と扱われることが、「心もまた富や権力と同じように、物質なのだから大切にしてくれ」と言っている被差別者の肉声としてききとれる。シャイロックが、貸した金の代償として一塊の人肉を抵当としたことは、「心もまた、肉の一部である」という寓意《ぐうい》をはらんでいるように見えるからである。

金貸しが市民権を獲得し、銀行が企業化してからすでに長い歴史をへた今、『ベニスの商人』という劇におけるシャイロックの立場は考え直されなくてはならない。少なくとも、シャイロックを二枚目が演じ、ポーシアをワシ鼻の三枚目が演じたら、喜劇はたちまち政治劇にかわってしまうにちがいないからである。

シェークスピアも役者あがりか？

シェークスピアの時代には写真がない。だから、シェークスピアの顔は、どれも肖像画ばかりで、カツラのも、地髪のも、禿頭《はげあたま》のもある。髭のかたちもさまざまで、そのためにシェークスピアがどんな顔をしていたかを、私たちには知ることができないのである。

しかも、シェークスピアという男がほんとに存在したのかどうかについても、さまざまの意見がわかれ、十六世紀の劇作家数人の合同のペンネームだという説から、哲学者フランシス・ベーコンのもう一つの名前だという説まである。

だが、それでも伝記はきちんと保存されており、ウィリアム・シェークスピア、一五六四年四月二十三日生れ、となっている（死亡が一六一六年四月二十三日だから、シェークスピアは、生れた日に死んだ男だったわけである）。

イギリスのストラットフォードで、生家は皮屋。手袋、なめし皮、牛等の首輪を扱い、父親のジョンは町会議員をしたりする田舎町の実力者だった。その頃の家は、現在も保存されてあるが木造二階建で、写真によると裏庭は広く、大きな納屋が付属している。シェークスピアの少年時代については記録らしいものが何も残っていないので、くわしいことは臆測《おくそく》するしかないが、小学校へ入り、大学へは入らなかった、というのが学者たちの一致した意見である。シェークスピアが無学だったという説は、こうした彼の学歴から来ているのだろう。

十八歳で、八歳年上のアンという女と結婚。この結婚について、シェークスピア学者の児玉久雄は、

「結婚式を済まさぬ前から二人は事実上の夫婦であり、アンが身重になった一五八二年十一月に二人は結婚を主教に願い出た。ところが、ウスター教区の同年十一月の記録では、花嫁の名がべつの名になっている。これは三角関係があって、もつれたのか、書記の誤記か、アンが寡婦でもう一つの名をもっていたかのどれかだろう」

やがてシェークスピアは地元のトーマス卿《きょう》の鹿園から鹿を盗んだとか盗まなかったとかいったゴタゴタにまきこまれ、故郷を捨ててロンドンに出た。それについても、さまざまの説があり、巡業してきたレスター伯抱えの旅芝居一座に加わって上京したのだ、というべつの説もある。

どっちにしても、シェークスピアの劇作家としての出発はロンドンであり、一男二女のマイホームにとりかこまれたストラットフォードを捨てなければ、彼の演劇は存在しなか

ったと言ってもよい。彼は、はじめ俳優としてデビューし、ベン・ジョンスンらの劇に出演した（彼の俳優としての活躍は、彼が劇作家として立つようになった一五九〇年以後もずっとつづき、一五九四年には、代表的俳優の一人に数えられるまでになっている）。ここでは、シェークスピアの劇について語るスペースはないが、私が興味をおぼえることは、この時代の劇がベン・ジョンスンやエリザベス朝演劇の作家たちをもふくめて、大半が王室を主題にしていたということである。

王室の血なまぐさい殺しと不倫、これがくりかえしくりかえし上演される。もし、一人のシェークスピアが生きのびて、現代劇の中で同じような主題、皇室の姦通と血しぶきと陰謀と殺人をえがいたらどうであろう。

第一の殺人者　どうした、怖いのか。

第二の殺人者　殺すのが怖いんじゃない、ちゃんと許しを得てるんだからな。だが、あいつを殺して地獄に堕《お》ちるのが怖いのさ、これは誰が大丈夫といっても逃げられるもんじゃない。（『リチャード三世』）

ためらうのは「地獄に堕ちる」心のためなどではない。こうしたことを書くことを許さないのは心などではなく、今や非物質化してしまっている権力なのである。

そして、シェークスピアの時代には、ペンで権力を扱うことが、現代にくらべてはるかに自由だったのだ、ということを思い合せると、とても「シェークスピアはわれらの同時代人」だなどとは思えないのである。

オフェリアがかわいそうだよ

都電沿線の都営アパートで、ハムレットの母親が、そのたるんだ中年女の肉体をピアノのセールスマンに与えた。テレビドラマでも毎日放映されているようなよくある「事件」だ。この場合、ハムレットは、母親の情事を知って悩むのは莫迦《ばか》げている。母親にも、新しい関係の自由があってもよいなどと言うのではない。母親とセールスマンの関係は、「家」の秩序の保全という点から見れば危険だが、それを自分の問題にひきつけて考えるのは、お節介というものである。父と母との関係がこわれるのは、母だけのせいではあり得ないのだから。

だが、そのセールスマンが母親と組んで父親を殺し、アパートの中庭に穴を掘って埋めたとしたら、ハムレットはどうするか？　ハムレットは一一〇番へ電話をするだろう。

しかし、もしそうしないで自分の力で仇討《あだう》ちしようと思ったならば、ハムレットは「復讐《ふくしゅう》劇」という一つの生甲斐《いきがい》を手に入れるために、この殺人事件の間接的な共犯者となったことを認めなければならない。それはもはや、ハムレットの事業目標のようなものであって、「正義」という言葉とはべつのものである。

王　食事！　どこでだ。

ハムレット　食べているのではなく、食べられているところで。

（『ハムレット』第四幕第三場）

この「家」が都営アパートではなく、デンマークの「王室」であったというだけで、同じ物語が政治劇にかわる。ソ連共産党第二十回大会の数週間後にポーランドで上演されたハムレットは、政治劇として首尾一貫していた、とヤン・コットは紹介している。政治的陰謀に怒り、乱暴さにわれを忘れているハムレットを演出し、暴力劇にしたとき、この同じ戯曲がたちまちべつの顔をあらわした。ハムレットは書物的知識青年の典型から、行動派の革命家にかわってしまったのである。

しかも同じシェークスピアの戯曲の台詞《せりふ》で。

シェークスピアはどの政治イデオローグにも奉仕しなかったという意味で、きわめて政治的な作家であった。しかし父母の問題と国家の問題の断層に引き裂かれて、みずからの生きる目標を失いかけたという点で、「われわれの同時代人」ではなかった。かわいそうにオフェリアをひどい目にあわせて、「尼寺へ行け！」と命じた。オフェリア。オフェリア。私ならばあんなことはしない。「急《せ》くな騒ぐな天下のことは、しばし美人のひざまくら」

二宮尊徳

二宮尊徳（1787－1856）江戸末期の農政家。通称金次郎。相模の貧農の家に生れた。陰徳・積善・節倹を力行，殖産の事を説き，34 歳のとき 4 町歩余の地主となったが，小田原藩家老の家政復興を手はじめに，605 か町村の復興に腕をふるった。神・儒・仏の思想をとった彼の説は，のち富田高慶，福住正兄ら弟子によって広められ，報徳社運動として発展した。『為政鑑』『富国方法書』などの著書がある。

なぜ、薪をおろして本を読まないか？

《架空対談》

――御承知の通り、私たちの小学校には、あなたの銅像があります。それは、あなたが薪《たきぎ》を背負いながら、本を読んでいるものです。先生は、それを指さしては、あの努力を見習えと言うのです。二宮金次郎は、ほんとに努力の人であったのだ、と。

「それほどでもありません。（笑って）ただ、私は本が好きだっただけです」

――いったい、どんな本を読んだのですか？

「あの銅像のモデルになっているのは、私の十二、三歳の頃ですから、『大学』『中庸』『論語』などです。野良仕事の往来が、（山から家まで）一里で、一日二往復ですから、その時間を読書にあてたのです」

――私などの考えでは、薪を背負って本を読むよりは、下ろして読む方がよい。本を読みながら歩くことは、山道でもつまずいたり、ぶつかったりする危険がある。第一、くたびれながらの読書が、そんなに身に入るわけはない、と思うのですが？

「しかし、寛政年間（一七八九～一八〇一）の頃には、電気がなかったし、灯油はとても高くて買えなかったのですよ。だから、本を読もうとしたら、昼のうちに読まなければならない。だが野良仕事も、暗くなっては出来ませんから、私は往復の時間を読書にあてた、というわけです」

――でも、そのために、道中に咲いている花を見落したり、小鳥の囀《さえず》りをききのがしたりしたことを、残念だとは思いませんか？

「(笑って) 花や小鳥だって？」

――そうです。人生には学問や勤勉さよりも大切なものが一杯ある。あなたは脇見《わきみ》せずに、労働と学問に打ちこんだが、私の十二、三歳の頃は、一日寝ころんで物思いにふけったり、ニキビをつぶしたり、戦争ごっこをしたり、お医者さんごっこして、女の子の胸に聴診器をあてて、心臓の音をきいたりするのが年相応のたのしみだったようです。

「(いささか軽蔑《けいべつ》的に) そういうのは、いまの言葉でプチ・ブル的というのでしょうな」

――少なくとも、薪を背負って本を読むよりは、薪を下ろして本を読む方が頭に入ります。それに、読書は人生のたのしみであって、義務ではない。そのために、山道の二往復が一往復になったり、サボったといって叱《しか》られても構わないのではありませんか？　山道を歩くときには、本ではなくて山道を〝読む〟べきです。自然は、何よりも偉大な書物だというのが、私の考えです。

「人生で何よりも必要なものが天禄《てんろく》だということを忘れてはいけない。武士は天禄のために命をなげうつのです。天下の政治も、神儒仏の教えも、その実は衣食住の三つのことでしかないのです」

――そのお考えは、あなたの生《お》い立ちの貧しさから来ていますね。

「（ムッとする）……」

――でも、人は食べて、着て、住むだけでは幸福になれるわけがありません。

「（立上りかける）そんな話は、すべての人の衣食住が足りてからうかがいたい。農民が貧しさにあえいでいるあいだは、衣食住の充足のことだけを考えるべきなのだ」

田を捨てて、東京へ行こう

――歴史学者は、あなたの像が後世に正しく伝えられていないことをなげいています。

なるほど、

柴《しば》刈り縄《なわ》ない、草鞋《わらじ》をつくり
親の手を助《す》け、弟を世話し
兄弟仲良く　孝行つくす
手本は　二宮金次郎

という歌のように、あなたは少年時代の美談の部分ばかりが拡大され、修身の教科書などに利用されてきた。そのために、成人してからの農業復興の功績の部分は省かれてしまった、というのは事実です。だが、いずれにしてもあなたの生涯は、私には立派すぎて、親しめるものではない。

「…………」

――たとえば、あなたは孝行を説いていますが、私は家出をすすめているのです。私は、農村の少年少女に〝東京へ行こうよ〟と呼びかけている元凶なのです。

「（余裕たっぷり）しかし、家があるかぎり、誰かが守らなければならないだろう？　二、三男に生れた者が他家の相続人となるのは、天命というものだ。天命で、養家に行き、その家の財産を多少増殖したく願うのは人情だ。養子になったら、養父母を大切にするのもまた天命の通常なのだよ」

――なぜ〝家〟の単位だけで、ものをお考えになるのですか？

「家を富ますことは、国を富ますことだ。その努力をおこたって天道にそむくものについて語ることばをもたないね。（機嫌悪く、吐き出すように）家出など、もってのほかだ」

――しかし、少年少女のなかには百姓のきらいな者もいます。農業嫌《ぎら》いに農業を強《し》いることは、自由をしばることだとはお考えになりませんか？

「（答えず）……（キセルに煙草をつめている）」

――かつて、家の機能は、経済的、身分的、教育的、慰安的、保護的、愛情的、とありましたが、その五つまでは〝家〟の外で果されるようになり、残されている機能は六番目の愛情的な機能だけです。だが、親子の愛情的機能は、〝家〟の中にとじこめられていなくても成立するものであることは、あなたも言っている通りです。私は、あなたの〝離れて親を想う心も孝行の裡《うち》〟であるという意見をよみましたが、それならば、何も〝家〟にこだわる必要はない。人が自立して〝家〟を為《な》すのは自由ですが、親の作った〝家〟を宿命として継がねばならない理由は、何一つないような気がするのです。

親の捨て方、子の捨て方

「あんたは、不勉強なようだ。少しは私の伝記でも、読んだのかね？」

——はい。

「何を読んだ？」

——あの、唾棄《だき》すべき『尋常小学修身書』の巻三、『かうかう』の章です。あなたの家は大そう〝びんぼふ〟で、あなたが十四の時、父が死に、母が貧しくてあなたのおとうとを親類にあずけたところ、あなたが心配して、

〝私が一しやうけんめいにはたらきますからおとうとをつれもどして下さい〟

と言って、あずけた子を連れもどさせ、親子一緒に集まって喜びあった、というはなしがのっていました。

「読んで、どう思ったかね？」

——母親の心細さを、はげましてあげたのはいいことだと思いました。しかし、いつも

親子一緒にいることが一家のしあわせだという考え方は、必ずしも納得のいくものではありません。貧しさはあなたの母を早死にさせたではありませんか？

私も十三の時、母が貧しく（父は早く死んだので）、親類にあずけられましたが、それでもさみしい思いをしたのは最初だけです。

私と母とは、青森駅前の夜泣きうどんをすすりながら、汽笛をききました。ラジオから美空ひばりの『角兵衛獅子《じし》』の唄がきこえていました。母は、お金がたまったら連れにくると言って行きましたが、それきりでした。ときどき、『角兵衛獅子』の唄をきくと母のことを思い出して、洟《はな》をすすりあげることもありましたが、まもなく忘れました。母は南の果ての九州の炭鉱町にいて、ときどき葉書をくれました。

私は、あずけられた親類から学校に通っていたので、母は母で好きなひとでもできていればそれでもいいのだ、と思っていたものです。無理心中へ向う孝の徳は、まるでつまらぬ感傷にすぎないのではありませんか？

「私は、母が望んだことを口に出して言ってあげただけだ」

――でも、子はいつかは親を捨てなければいけないのです。子を捨てた親を責めたりはしないでしょう。

「私は天明七年（一七八七年）に小田原在栢山村で生れた。それは、江戸で米屋の打ちこわしのあった年だ。

五歳の時、関東に大風雨があって酒匂川《さかわ》の堤防が決壊し、耕地が荒地になった。十四歳の時父が死に、十六歳の時母が死んだ。私は荒地に油菜を植えて、その油で夜の読書をし、用水堀の空地に棄苗を植えて、米一俵を得た。私の農業における多くの改良や著書は、すべて私自身の実生活から生れたものだ。私は農村の貧窮のどん底で、兄が〝欠け落ち〟、養子が〝欠け落ち〟し、やむなく土地を耕作することになった弟がまた〝欠け落ち〟する中で、〝江戸へ行くな、ふるさとを守れ〟と言うほかに、言葉などはなかった。

私は少なくとも、農業を復興して、百姓を守った。私の死後、内村鑑三などという人が〝道徳的邪曲によって損失した人間を『自然』に引戻し、『自然』と人間との仲立ちになった〟などと書いてくれたが、私にとっては、それは余りある言葉で、私は百姓の利益を守るために、天道にたのんだにすぎない。私の真意は、天理は万古変ぜず、人道は一日おこたれば忽《たちま》ちすたれる。すなわち、努力あるのみ、ということに尽きる」

――だが、あなたは農業を守るために、封建的な人間関係をも守らねばならなかった。捨てなければならぬものを温存しなければならなかった。

あなたは、子を捨てる親、親を捨てる子を裁いたが、その心の深い部分に関心をよせることはできなかったのです。

「たわけたことを言ってはいけない。不幸者に、何の心があるというのだね？」

――親が子によせる愛は、ときには親自身の孤独とエゴイズムから生れる私有欲であり、子にとって重荷である場合もあるのです。

人間の思慮分別など、いつの場合だって自分勝手だったり、自己中心だったりする。それは、はかないものです。

風にそよぐ棄苗のようなものです。

あなたの訓《おし》えは、いつも疑いをもつことなく自信にあふれているが、私はときどき、欲に目がくらんだり、寒くて仕事がいやになったりする人間のことを考える。

「考えてどうするのだね？」

――あなたの思想には、文化という概念がすっぽりと抜けているのではありませんか？

プレイボーイ二宮尊徳への八〇〇字

――あなたは修身の教科書にたびたび描かれるマジメ人間です。

だが、あなたの『報徳記』を読んでも『三才報徳金毛録』を読んでも、また『仕法関係諸篇』『二宮翁夜話』を読んでも、そこには生活維持のための直接的な必要事しか書かれていない。私は生活行為にある意味を添えるものがほしいと考える。

つまり、遊びということがなければ、どんなに衣食住が足りても、人はちっとも生甲斐《いきがい》を味わうことなどできないのです。

「わかり切ったことをいまさら言ってみても仕方がない。私は、百姓のために娯楽の必要性は説いてきたつもりだし、そんな石頭の謹厳居士ではない」

――いいえ、あなたは石頭の謹厳居士です。あなたには色気がなさすぎる。

「色気?」

――あなたは、長男が死んでまもなく奥さんを離縁しました。育児の失敗の責めを問うたのだとばかりは言いませんが、あなたの〝立派さ〟に人たちは尊敬と同時にけむたさを感じていたことは、疑いの余地のないことです。

私は、北国の貧しい農村で育ち、近所の水呑《みずのみ》百姓は、いつもバクチと酒にあけくれました。あなたは賭博について言ってます。人事をつくさずして偶然にめぐまれるのは心得ちがいである、と。

あなたはいつでも、働いた分だけ報酬があるのがいいのだ、という考えで、いつも分相応ということを説いていました。しかし、私はときどき、〝一点豪華主義〟ということを考えるのです。

一点豪華、花火の人生。たとえば、ゴキブリのはいまわる暗いじめじめした三畳の安アパートに住みながら、車だけはポルシェやマセラッティを乗りまわす男、九日間をパンと水ですごして、最後の一日を高級レストランで蛙《かえる》料理や上等肉のステーキに舌つづみを打つ男。賭博でころがりこむ、思いがけずころがりこむ一年分の給料より多い札束! こうした経済観を、あなたならセッナ主義者として断じるでしょうが、私には〝あす何が起るか？〃わかってしまってあすまで生きる人よりも、〃あす何が起るかわからないからあすまで生きてみる〃人の方が、人間らしいと思うことがあるのです。

バランスと均等分配の経済、働いた分の参稼《さんか》報酬に応じた生活水準。今日もコロッケ、明日もコロッケ。それでいながら努力！　努力！　努力！　とは何てつまらない処世訓でしょう。百姓だって、ときには賭博師に、ときには政治家に、ときには女蕩《たら》しに、ときにはレーサーやジャズメンや革命家に変身するべきだ。あなたのお説教じゃ、だれ一人として、幸福になることができないでしょう。

「(ついに憤然として)おまえなど、弟子にはできん！(立ち上って去る)」

ゲーテ

ゲーテ　Johann Wolfgang von Goethe（1749—1832）ドイツの文豪。はじめ『若きウェルテルの悩み』や『ゲッツ』などの創作でシュトルム＝ウント＝ドランク運動の代表者となったが，のち調和と平静を愛する古典主義に転向，シラーとの交友の中でその理論と創作につとめ『ウィルヘルム＝マイスター』『親和力』『ファウスト』『詩と真実』などを執筆，また自然科学の諸分野にも独自の研究をすすめ，ルネサンス的大教養人として，文学をはじめ後のドイツ精神文化に決定的な影響を与えた。

ウェルテルの人生相談

「はじめて投書いたしますが、私はウェルテルという二十三歳の学生です。私のことはゲーテの『若きウェルテルの悩み』という書物にも出ているので、すでにお聞き及びかも知れませんが、実は道ならぬ恋をしてしまったのです。

相手はシャルロッテ・ブフという名で、愛称はロッテですが、婚約者がいるのです。しかもロッテもその婚約者を愛しているらしいので、私にはなすすべもありません。

〈ぼくだけがロッテをこんなにも切実に心から愛していて、ロッテ以外のものを何も識《し》らず、理解せず、所有してもいないのに、どうしてぼく以外の人間がロッテを愛しうるか、愛する権利があるのか、ぼくには時々これがのみこめなくなる〉

と、私は日記にも書きました。

最近、ロッテの婚約者アルベルトが、私たちのいるヴェッツラルに到着しましたが、彼は好意をよせずにはいられないようないい人です。しかし、どんなにいい人だとしても、私は、彼が自分の目の前でロッテのようなひとを所有しているのを、とても我慢して見ることなどできません。ああ、どうしたらいいのでしょう。

私は歯ぎしりして、私のみじめさをあざけっているんだが、結局どうにもならないんだからあきらめろ、というやつもいます。しかし、そんなやつはくそくらえです。私は夕方になると、じっとしていられなくなってきて、森の中を歩いて、ロッテのところまで行きます。すると、庭の四阿《あずまや》では婚約者のアルベルトがロッテのそばに坐っているのです。私はどうしても恰好がつかないので、まるで気違いみたいにはしゃぎだして、実にばかげた、とりとめもないことをやりだすほか、方法はないのです。

このままでは、生きるのぞみもありません。いっそあきらめてしまえば楽になる、と言ってくれる友人もいます。しかし、〈業病《ごうびょう》にとりつかれて、刻々衰えていく不幸な人に向って、短刀を揮《ふる》ってひと思いに苦の源を絶てと要求できるものでしょうか？　その病人の精気をむしばんでいる病気は、同時に癒《なお》りたいという精気さえも奪ってしまうもの〉なのです。いまでは、自殺するほかないのだろうか、と思うこともしばしばです。

先生。どうか、悩める私によき回答をお願いいたします」

お前はばかではないのか！

そこで、私は『若きウェルテルの悩み』について考えることにしたのだが、それにしても、こんな滑稽《こっけい》な恋愛を、二十三歳の（しかも芸術家志望の）男が、真剣に悩んでいるということは信じられないのであった。

だいたい、ウェルテルの感情は、自分勝手のエゴチズムに溢《あふ》れている。「ロッテ以外のものを何も識らず、理解せず、所有してもいないのに、どうしてぼく以外の人間がロッテを愛しうるか、愛する権利があるのか」とウェルテルは言うのだが、ロッテ以外のものを何も識らず、理解せず、所有していないということは、ロッテを愛するための必要条件でもなければ充分条件でもない。

世間知らずであることが、恋する条件になった時代など一度もなかった。

だいたい、ほかの女を知らないからきみを愛した、というのは、多くの知っている女の中からきみを選んだ、というのにくらべると（女にとっては）嬉《うれ》しくもない話である。

さらに、自分がこれだけ愛しているのに、なぜ他の人間がロッテを愛する権利があるのか、——と書くウェルテルの独占欲は、あらゆる人が、あらゆる人を愛することのできる自由をさまたげようとするもので、第一、ロッテの気持をまったく無視した、自己中心の愛である、という印象をうける。

この片想いにもだえる青年は、私から見ると「喜劇的」であるが、本人は自分がきわめて「悲劇的」だと思っているのだからやり切れない。

「不幸な男よ、お前はばかではないか」（『若きウェルテルの悩み』）と、彼は自分について言う。

もっともである。

私もばかではないか、と思わざるを得ない。

「この気違いじみた果てしのない情熱は、いったい何だと言うのだ。ぼくの祈りは、彼女以外の何ものにも向けられていない。ぼくの想像力には彼女以外の誰も姿を現わさぬ」（『若きウェルテルの悩み』）

そして、ロッテがそばに来るとウェルテルはたちまち、炎天のコンクリートの上を歩く年老いた犬のような発作におそわれるのである。

「眼の前が暗くなり、何事も耳に入らなくなって、喉《のど》を暗殺者にでも締めつけられるみたいな気持がしてくると、胸苦しいあまりに、せめて息を吐こうと心臓がはげしくうちだし、そのためにかえって気持が千々にみだれる」（『若きウェルテルの悩み』）

たとえば、一つの例がある。

「やりきれないんだ――もうだめだ、ぼくは。これ以上はだめだ。今日、ロッテの横にいた――すわっていた。ロッテはピアノを弾いた、いろいろのメロディー、それからありとあらゆる気持を、ありとあらゆるだよ――全部だ。どう思う、君は。――小さな妹はぼくの膝《ひざ》の上で人形に着物を着せている。

ぼくは涙が出て来た。うつむくと、ロッテの結婚指輪が眼に入った。――ぼくは泣いた――何かこみ上げてきて、息が詰りそうになる。

〈頼むから〉はげしい感情の爆発とともに、ぼくはロッテのそばへ駈《か》けよった。〈頼むから止《や》めてください〉」（『若きウェルテルの悩み』）

このウェルテルの挙動は、ロッテにとって解しがたいものであろう。手もにぎったことのない(当然キスもしたことのない)一人の男友だちが、ときどき自分の前で見せる異常な発作、二十三歳の男がいきなり泣き出したり、「ピアノを弾くな」と言ったりするのはいったいなぜか?

彼は本当にロッテを愛しているのか、それとも「ロッテを愛している自分」を愛しているのか? そして、ある日突然に、

「決心しました。ロッテ、ぼくは死にます。

感傷的な誇張ではなしに、これを書いているのです」

という手紙をつきつけられたとしたら、ロッテはどうしたらいいのだろうか? 愛というものは相互の合作によってしか成立しないことをウェルテルは忘れているのではあるまいか?

精神主義型自家発電

私のゲーテ嫌《ぎら》いは、一口に言えば少年時代に読んだ『若きウェルテルの悩み』への反撥《はんぱつ》に由来しているようである。

そして、いまでも永遠のベストセラーとして女学生たちに愛読されているこの書物と、その背景となっている恋愛観に、酸敗した倫理悪を感じないわけにはいかないのだ。

ゲーテは一七四九年に、神聖ローマ帝国直属都市マイン河畔フランクフルトに生れたことになっている。父は枢密顧問官で、法学博士、母はフランクフルト市長の娘。家庭は裕福で、恵まれたものであった。

二十三歳で、ヴェツラルへ法律実習に行き、そこの舞踏会で知りあったシャルロッテ・ブフに一目惚《ぼ》れしたが、彼女に婚約者がいることを知って悩む。ちょうど同じ頃、友人のイエルーザレムが友人の妻に恋して自殺した事件があり、そのショックと自分の恋愛体験をもとにして、『若きウェルテルの悩み』を書き、花々しくデビューすることになった。

以後、『ファウスト』や『詩と真実』『ウィルヘルム＝マイスター』など多くの著作があるが、その女性関係はきわめてめまぐるしく、

「わがままで、独善的、嫉妬《しっと》ぶかく、気まぐれだった」と言われている。

『若きウェルテルの悩み』にも、そうしたゲーテの性格が如実にあらわれていて、私には、愛などとほど遠く、まるでプラモデルの飛行機（他人の持物）をほしがって駄々をこねて泣いている二十三歳！の子供しか思いうかばないのである。

それでもウェルテルは、ロッテが自分を愛してくれているかどうかについては問題にせず、「一人相撲」をとりつづけている。

「偶然、指と指とが触れあったり、テーブルの下で足と足とがさわったりするとき、ぼくはからだ中がぞっとする。

ぼくは火にさわったときみたいにはっとして引っこめるが、神秘な力がまたぼくを前へ押しやる——五官が朦朧《もうろう》としてしまう。ああ、純真無垢《むく》なロッテの魂は感じてくれないんだ。

そういう些細《ささい》な親しみのしぐさがどんなにぼくを苦しめるか。話をしている最中なんぞに手をぼくの手の上に重ね、話に熱中してからだをすり寄せてきて、彼女の口の天使のような息がぼくの唇《くちびる》にふれたりしようものなら——雷にうたれるっていうのはそんなもんだろうか」(『若きウェルテルの悩み』)

ひとの妻とも知らないで

数年前に、北島三郎が『博多の女《ひと》』という唄をうたっていた。

　ひとの妻とも知らないで
　おれは来たんだ博多の町へ

という文句である。

よく調べもせずに、博多までやってくるとは、何とウカツな男だろう。

だが、そのウカツさには「情事無宿」的なニヒリズムがあって、なかなかいいではないかと思いながら聞いてゆくと、

　逢《あ》わなきゃよかった逢わないで

夢に出てくる初恋の
きみをしっかり抱いていたかった

となって、がっかりさせられたものである。

この男もまた、「中年のウェルテルの悩み」をかこつ、小心な倫理主義者なのであろう。

だが、愛というのは私有財産ではないから、だれかと結婚契約したとたんに、無効になってしまうというほど割切りのいいものではない。

人を愛する自由は、人間が獲得しうるもっとも基本的自由であって、何びとからも制約されるべき筋のものではない。「あの女はおれのものだから、どうか好きにならないでくれ」という仁義は、女を人間としてではなく、身のまわり品か愛玩《あいがん》物として考えることになるだろう。

ひとの妻とも知らないで博多まで来たなら、ひとの妻だと知ったときからこそ物語は始められるべきで、「あきらめて」「面影を抱いて」帰ってゆくのでは、パテント登録におくれた中小企業の商標メーカーとかわるところがない。

思えば、私の初体験の相手は人妻だったが、そのことが人間関係を複雑にするだろうという不安と恍惚《こうこつ》を、より昂《たか》めこそすれ、障害になったりはしなかった。私は、私のロッテを、イメージと実物の二つ手に入れたことによって、学生仲間たちのプラトニック派の二倍の恋愛体験ができたな、と思ったものである。

「人生相談」へのお答え

ウェルテルさん。あなたの「人生相談」の投書を読ませていただきました。

あなたは自殺する、と言っています。たぶん、それが一ばんいいのではないでしょうか？　私には、あなたのようなエゴティスチックで「不幸で、ばかな男」には、その他の道がないような気がするのです。

しかし、もし、私があなただったらどうするか、ということを書いてみたいと思います。それを、あなたに強要するというのではない。

ただ、悲劇というものが避けられない不条理に原因するのだとしたら、あなたのは平凡な喜劇である、ということを他の読者にわかってもらいたいからです。

まず、私はロッテと寝ることを考えます。

もし、あなたが史家の言われるように、霊肉一致の愛をめざしているなら、ロッテを抱くことなしに「愛だ！　愛だ！」と喧伝《けんでん》しても、言行不一致か妄想症《もうそう》の患者としか思われないでしょう。なるほど、十八世紀の道徳概念は、人の婚約者との愛に冷たかったかも知れない。しかし、命をかけてもいいというほどロッテを愛してるなら、世界全部を敵にまわすことぐらいは覚悟の筈ではありませんか。ロッテと寝る――愛を完成させる。人妻との浮気や、他人の婚約者との情事に、ひどい不倫を感じるのは、私有財産を盗むのと同じ類《たぐ》いのものにすぎませんが、ロッテも生きて感情をもった人間なのですから、そのことによって二人の間に「愛」が存在したことが、たしかめられることになるでしょう。

その上で、ロッテがあなたをも婚約者をも同じくらいに好きだという答えを出したら、三人で共同生活することです。一夫一妻制だけが、純粋な愛の完成図ではない。三人であれ、五人であれ、好きな男女が一緒に生活するのが自然です。「不倫」という言葉は、やがて消滅することばです。ヨーロッパのコミューン生活する若者たち、ニューヨークやカリフォルニアのイッピーたちのあいだでは、こうした結婚の実験がこころみられ、実践されています。

あなたは、フランクフルトのプチ・ブル出身で、イッピーの生活などには何の関心もお持ちではないでしょうが、世界は変っているのです。あなたの百万の読者もまた、変らなければならない。たかが女のことで自殺するような男は、その女を獲得したとしても、嫉妬深いマイホーム亭主で一生を送るしかないことでしょう。

ダンテ

ダンテ　Dante Alighieri (1265—1321) イタリアの詩人。フィレンツェの生れ。ブルネット＝ラチーニの教えをうけ，ボローニア大学に学んで詩を書いたが，早逝したベアトリーチェへの恋情は彼の文学の最大の動機であったとされている。30歳の頃政治に加わり，1300年には市共和国の代表委員となったが，翌年追放され，放浪のうちに後半生を文学にうちこんだ。『神曲』三部のほか『新生』『饗宴』『王政論』『水陸論』『俗語論』などがある。ラベンナで没。

地獄へ泳ぎにいってくるよ

私は地獄のすぐ近くで育った。

といっても、生れたときから死んでいたというわけではない。私の「地獄」は本州の北のはずれにある恐山《おそれざん》の中腹にあって、鴉《からす》の群がるさびしい霊場なのであった。

いつの頃からか、人びとは死んでから落ちてゆく地獄を、生きているうちに見ておきたいと思うようになり、恐山の地獄も、観光地の一つに数えられるようになった。

毎年、夏の観光シーズンが近づくと、ペンキ屋がやってきて、地獄の外装を塗りかえはじめる。三途の川にかけられた橋や、地獄へくぐってゆく鳥居に、真新しいペンキの赤が塗られてゆくのを見ながら、少年時代の私は、なぜかたのしい気分になるのであった。

——地獄が商業主義化してゆくのを見るのは耐えられない。

と、民俗学者の鎌田さんは言った。

——もう、恐山には本物らしいものが何もなくなってしまった。

しかし、恐山を古い郷土史誌と因習の中に閉じこめてしまおうとするのは、間違いである。「地獄」は、年ごとにその中身をあらためられなければならないし、その罪と罰の尺度は、歴史とともに歩むものであっても構わないからである。

恐山の三途の川で泳いで、川底から財布をひろったという私の叔父は、「地獄にも金儲《もう》けのタネがある」と上機嫌であったが、夏には、地獄は改装され、訪れてくる人たちに生甲斐《いきがい》をもたらすことを望んでいる。目が見えないため津軽の寒村でマッサージをやっている老婆たちは、夏が来ると恐山にやってきて、巫女《みこ》となって「口寄せ」をはじめる。死んだ家族と生き残ったものとの対話の仲介を「口寄せ」というのである。セミがなきはじめ、恐山が人生に迷った観光客のために改装をはじめる頃から、にわかに活気をおびてくる故郷で、私たちは地獄ということばを、まるで耳なれた地名のように口にしたものだった。

——ちょっと、地獄へ泳ぎにいってくるよ。

とか、

——地獄へ学生帽を忘れてきてしまった。

という具合に。

『神曲』改正のための二、三の提案

ダンテが『神曲』の中で、いくつかに分類して見せた地獄は、いまでも有効だろうか、と思うことがある。

人生の道の半ばで
正しい道を踏みはずした私が

目をさました時は暗い森にいた。（ダンテ『地獄篇』第一歌）

ダンテが「正しい道」を踏みはずした、というのはどんなことだったのか？『神曲』は、それを一つずつあきらかにしてくれる。

肉欲
大食
吝嗇《りんしょく》と浪費
憤怒《ふんぬ》
異端
暴力
不正

ダンテが訪れた地獄では、罪業《ざいごう》を糺《ただ》すミノスが歯をむき出して仁王立ちになり、罪に応じて魂を谷底へつき落している、ということになっている。

だが、この罪は私にとっては、地獄というよりは、むしろ天国にふさわしいように思われるのである。

肉欲（好きな女と好きなときに愛しあえること）
大食（好きなものを好きなだけ食べられること）
浪費（好きなものを好きなだけ買い物できること）

これがどうして神にそむくことで、地獄で裁かれねばならないことなのだろう？

さらに、ダンテは不正の罪として、色手引、占師、偽りの助言をするものなどを挙げているが、さしずめ人生相談、広告宣伝業、酒場、キャバレー、ソープランド業者などは、みな地獄落ちということになるわけである。

ソープ嬢になって二年目に、生れてはじめてスペシャルをやったということを感激して語っていた新宿の桃ちゃんに、「おまえは地獄へおちるって、本に書いてあるぞ」と言うと、桃ちゃんはびっくりして、泣き出しそうになり、「何も悪いことなんかしてないのに」と、しきりに手を洗うのだったが、その桃ちゃんのためにも、このへんで地獄堕《お》ちの条件を、変更した方がよいのではあるまいか。

『旧約聖書』が書かれてから数千年、ダンテが『神曲』を書きあげてから六百年余、罪の尺度が一度も修正されていないというのでは、片手落ちというものである。たった二十五、六年前に作られた新憲法でさえ、たびたび改正を論議されているのに、地獄堕ちの条件だけがそっくりそのままというのでは、折角の地獄も形骸《けいがい》化してしまうことだろう。

ダンテの人物モンタージュ

私は、ダンテがどういう男かを思いうかべてみた。

すると、神学校の図書館の司書といったイメージがうかびあがってきた。実際のダンテは、三十歳でジェンマと結婚しているのだが、イメージとしては終生、童貞であったような気がする。彼の愛用する鉛筆は（彼の時代にそんなものがあったとは思わないが）2Hか3Hで、それを細く長く注射針のようにとぎすまして詩を書いていたのである。もしかしたら、猫《ねこ》が好きだったかも知れない。

修辞学と文法をよく学習し、黒色の衣類を好み、

もし美しい世で私が想像したことが
正しければ、きみはきみの星に従って行けば、
かならず栄光の港に達するにちがいない
（『地獄篇』第十五歌）

四十すぎて、「美しい」「正しい」ということばを使うことのできる詩人が、自分自身を、いつも「罪の人」であると思いつづけながら書いた『神曲』の中の地獄は、そんなに面白いものではない。それは、嘔吐《おうと》をもよおしたり、糞尿《ふんにょう》で顔を洗ったりするような生理的な嫌悪《けんお》をさそうものではなく、むしろ嵐《あらし》や火に彩《いろど》られた叙事詩的な情景であり、美でさえあるようだ。

ダンテは一二六五年の五月、フィレンツェの生れである。父は金貸しであった。十八歳のとき、純白のドレスを着た近所の少女ベアトリーチェに恋をし、それは詩人の恋の一つのモデルケースとして、後世に引き継がれた。だが、この恋は、プラトニックなままで（というよりは、ベアトリーチェの実在さえ疑われるようなあいまいさのままで）、

ダンテの空想の中でのみふくれあがり、それは寓喩《ぐうゆ》的な詩 a ciascum alma presa（『新生』第一歌）として作品化された。

三十歳をすぎてからのダンテは政治活動に転身し、市の要職である財政問題の審議委員になったり、統領選出審議会の元老になったり、統領になったりした。当時、フィレンツェは政争が絶えず、ダンテも味方であるはずのローマ法王から弾圧をうけ、政治的反逆者として祖国から永久追放される羽目にあったのだった。だが、その政治的挫折《ざせつ》と放浪のあいだに『神曲』の構想ができあがったのだから、これはむしろダンテにとって幸運な挫折だったと言ってもいいだろう。

地獄は思想である

黒人の詩人であり、劇作家であり、ジャズの理解者でもあるリロイ・ジョーンズに『ダンテの地獄組織』という書物がある。

それは、ダンテが現世での罪の罰として、空想の中に描いた地獄を、寓喩の世界からたぐり寄せて、「現世こそは地獄」と言い改めたものである。

リロイ・ジョーンズは「なあにダンテの地獄なんか天国のうちだよ」と、書いている。

彼にとって、肉欲も大食も、異端も不正も暴力も、そしてそれらへ下されるべき罰も、すべて身のまわりに見出されることになっている。彼は自らの詩『黒人よ』で、

必要とあれば、いのちを奪え、
欲するものを手に入れよ
と挑発し、「黒人は、決して白人になりうることはなかった。そしてそのことこそは、黒人の力であった」と宣言して、地獄と天国とをきっぱりと峻別《しゅんべつ》してみせた。

だが、現代を地獄だというのでは、あまりにもたのしみが少なすぎる——というのが、私の考えである。

なるほど、現代は地獄に似ているだろう。

被差別黒人にとって、権力の罠におちこんだ人々にとって、ベトナムの死者にとって、南アフリカの飢えた子供たちにとって、話相手のいない養老院の老人にとって、映画の中で高倉健に斬られ、その代償にたった三千円しかもらえない大部屋の俳優にとって、大久保清にねらわれた少女たちにとって、墜落したYS11機の乗客にとって、それは修羅《しゅら》場の様相を見せている。

だが、この世の外にもう一つの「地獄」があると思うことで、現代を生き抜いてゆく力をかろうじて保っている人たちにとって、地獄とはまさに、現代のわれわれ自身の状況でしかないのだ、と言い切ってしまうことは、あまりといえばあまりに残酷な断定である。

もちろん、天国についても、同じである。もう、この世の外には天国はないのだ、と知ってしまうことのにがさに耐えきれない、数百万人の信仰を見逃《みのが》すことはできない。

私は「比較地獄学」などという学問を学んだことはないが、どんな民族にも、それぞれがイメージした地獄があり、その地獄へおちこまぬために、犯してはならぬ罪があることを予想できる。

それは、生の掟《おきて》のようなものである。リロイ・ジョーンズのように、現世を地獄化してしまったものは、その対象化がむずかしくなる。

彼らはただ、一日も早く抜け出したいともがくだけで、地獄の全貌《ぜんぼう》を見ることができず、自分とかかわっている部分によってしか地獄をとらえることができない。

しかし、地獄は、イメージでも実感でもなく、思想なのである。

上手な地獄の利用法

ダンテにとっては、ローマ法王からの弾圧による現実の不和が、「地獄」を書くきっかけになった。

だが、仏教では、地獄は六道の一つとしてわれわれの生きる世界に属している。地獄、餓鬼、畜生、阿修羅《あしゅら》、人間、天、というのが六道の順である。

仏教では、これら六道は、いずれも苦の世界、否定の世界であって、山のあなたにある極楽と対照していることになっている。いずれにしても、ダンテの『神曲』も、仏教の六道も、私たちの実人生の外に地獄を設け、そのおそろしさを強調することによって、実人生に罪を犯させまいとしていることでは、同じである。

ダンテの生涯が、きわめて清廉潔白であり、祖国を追われながらその祖国を愛しつづけていたことや、息子が教会で聖職につき、娘が尼僧院の修道女になって宗教生活についていたことは、一言でいえば、「自分の創り出した地獄におちこむまいとして、罪を犯さないように努めていた」からにほかならない、と思われる。

子供の頃、おばあさんが、

――そんなことをすると地獄へおちますよ。

と言って、私たちのいたずらを戒めたものだが、「上手な地獄の利用法」は、法の戒めをおそれぬこと（あるいは合法の下におかされている数えきれぬ罪）を戒めるために、地獄のおそろしさを教えてやることなのではないだろうか、と思うことがある。

たとえば、戦場におけるひと殺しの英雄は、合法的であって何者にも戒められることはないわけだが、「上手な地獄の利用法」によって、死後の苦しみを予言してやることくらいは、私たちにでもできることだからである。されば、みなさん、ダンテの地獄組織を上まわる、世にもおそろしき地獄を作りましょう。地獄草紙では、尿糞所、函量所、鉄磑《てつがい》所、鶏地獄、膿血《のうけつ》所、黒雲沙《さ》、咩声地獄、剝《はく》肉地獄、などなどがあげられ、たとえば、

「東西に沸ける屎《し》ながれ、南北にくさき膿汁《のうじゅう》ながる、すべて臭く汚らわしきこと喩《たと》えをとるにものなし。心身堪えずして、口の中、眼の中より火を出《い》だす、すなわち獄卒ありて沙《しゃ》

門《もん》等をとりて、みな屎の河に突きはめつ、その時屎は、沙門の口より入りて、鼻より出で、鼻より入りて口より出《い》ず、一日に百たび死にて、百たび生く、その苦しみたとうべきかたなし」（『地獄草紙』ボストン博物館所蔵断簡）

といった例があげられている。そこで、私が地獄へ堕ちるべき罪の条件というのは、

怠惰
無気力
禁欲
非参加
放棄
権力
殺戮《さつりく》

ということになるのだが、どんなものだろうか。

スタンダール

スタンダール Stendhal (1783—1842) フランスの作家。本名アンリ＝ベール。グルノーブルの生れ。青年期陸軍に入り，ナポレオンに従ってヨーロッパ各地を転戦，その没落後は軍職を離れ，ミラノに住んで『イタリア絵画史』を書いたが，危険人物視され追放，パリに帰って『恋愛論』ほかを発表，七月革命後領事として再びイタリアに住み，『赤と黒』『パルムの僧院』，自伝『アンリ＝ブリュラールの生涯』などを執筆，42年休暇のためパリ滞在中急逝した。その作品は社会批判と心理分析にすぐれ，近代リアリズム文学への道を開いたとされる。

1

私の場合、スタンダールといえば、『赤と黒』である。

そしてまた、「赤」と「黒」とについて考えることは、そのまま、私の青春時代について考えることにもなりそうだ。

2

ジョニー・ウォーカーならば、黒のほうが、赤よりも高価である。赤は忠誠心で、黒は裏切り。家計簿を開いて、赤字ならば損で、黒字ならば得となる。

騎手の帽子の色ならば、黒は二ワクで、赤は三ワク。トランプのマークならば、死「♠《スペード》」、希望「♣《クラブ》」が黒で、金「◇《ダイヤ》」、愛「♡《ハート》」が赤である。

3

「あいつは赤だ!」とマークされて、高校を中退して、日共にはいり、労組で活躍している友人よりも、いつもひっそりと、目立たぬように、クロポトキンや、大杉栄、和田久太郎などを読んでいて、手製爆弾作りに失敗して、失明したアナーキストの友人のほうが心に残っている。

4

赤子といえば、生れたばかりの子供のことであるが、それを「セキシ」と読むと、小学校時代の朝礼を思い出す。「一つ、我々ハ天皇陛下ノ赤子ナリ」というのである。

黒子といえば、歌舞伎のカゲの存在で、彼らは、見えない支配者として、舞台の上に、出口や門を設けたり、死体を片付けたりする。

5

市民社会のレベルでは、赤は危険な色とされているが、黒には、特に指定はない。むしろ、黒は登録されていない、というべきであろう。だが、長寿の還暦のチャンチャンコの色が赤で、喪服の色が黒であることは、いささか心に懸ることである。

6

血は、はじめのうちは赤く、だんだんと黒くなって行く。黒いもの。聖書の表紙。機関銃。夜。赤いもの。トマト・ケチャップ。口紅。罌粟《けし》の花。嘘《うそ》。

7

スタンダールの場合の『赤と黒』は、赤が軍服で、黒が聖衣であった。

スタンダールは書いている。

「イタリア人の勇気は、怒りの発作であり、ドイツ人の勇気は、一瞬の陶酔であり、スペイン人の勇気は、自省心の現れである」(『恋愛論』)

しかし、しばしば、スタンダールの勇気は、色の赤であり、それは、槍騎兵《そうきへい》、共和主義者、革命、血であり、黒は、参事院請願委員の制服、王政復古、保守といった、アンチテーゼとして、描かれていた、というのが通説であった。

8

私の父には、はじめに赤紙が来た。それは、徴兵令状であった。

次に黒枠が来た。それは死亡通知であった。

父の赤と黒との間には、たった二年二か月の間隔しかなかった。

9

The Difference between a violin-case and a coffin is BLACK!(「バイオリン・ケース

と棺桶《かんおけ》の違いは黒だ」）

この二つの入れ物についての、ジョークが私は好きである。

この場合の黒には、ただの死という意味を越えた一つの詩的な解釈がある。それは、あの冷やかな手触りの、バイオリンが、生き物であるという解釈である。

バイオリン・ケースは外側が黒だが、しばしば中が、真赤な布張りであることがある。

スタンダールは、「われわれを外側から熱中させる物語を語る任を帯びた男」（R・M・アルベレス）といわれた。

10

「赤と黒だ」「え？」

「アカとクロだよ」「垢《あか》と苦労だって？」

——なるほど、アカは物質または現象であり、クロは経験の言語化なのかも知れない。

この二つの対立が、実は同じ座標軸を持つものでないのだと知っていたら、少年時代の私は、もっと楽天的に生きることができたのかも知れなかった。

11

私がスタンダールの小説から学んだことといえば、出世のために、いかにして女を利用するか、というぐらいのものであった。しかし、私にとって、レナール夫人にあたる存在は、下宿のおばさんか、酒場のホステスに過ぎなかった。

「アメリカはフランスと較べて、羨望《せんぼう》も少ないが、才智も少ない」(『恋愛論』)

しかし、それでも私は、私なりに、投資しているつもりだったので、不服もあった。

「俺《おれ》は薪《まき》を納めているんだ。樫《かし》の一等品の飛び切りを届けているのに、雑木の値段しか、払ってもらわないいんだ」(『赤と黒』)

12

スタンダールが死後の自分の墓石に、自分の関係してきた女たちの頭文字を、刻ませたのは、有名なエピソードである。

だが、その数がたった一ダースそこそこだったというのは、いささか淋《さび》しい。

「はじめに恋心があり、それから相手がやってくるのだ」(『恋愛論』)

とすると、恋心の面積が小さかったのだろうか。それとも、たまたま、通りかかる相手が少なかったのだろうか?

13

わが国の近代化は、黒船によって始められたのだ。ということは、何を意味するのか?

なぜ、赤船ではなかったのか？

近代と、「赤と黒」との関係を、船の色から考えてみるのは、一つのアレゴリーである。

だが、このことは、きわめて象徴的でもあるように思われる。

14

早稲田大学に入った年の、戸塚の小さな喫茶店の壁の落書を、私は今でも憶えている。

それは、「青い種子は、太陽の中にある。ジュリアン・ソレル」というのであった。

私は、その言葉が好きになり、以後しばしば、引用して来た。だが、ある日、その前後のセンテンスが気になって、スタンダールの小説を、隅《すみ》から隅まで捜してみた読者が、そんな言葉など、どこにも見出すことはできなかった、と苦情をいってきた。

15

私は嘘をついたのだ。はじめから、そんな言葉など、どこにも存在していなくて、私がデッチ上げた言葉なのだと書いたら、――どうなるか？

「イタリア人が、復讐《ふくしゅう》に感じる不倫な幸福は、むしろ、この民族の想像力の強さによるものだと、私は考える。他の民族は、許すのではない。忘れるのだ」（『パルムの僧院』）

16

赤には、赤十字から「赤い靴」に至るまで、母と子のイメージがある。

だが、黒がつくと、そうしたイメージからほど遠くなってしまうのである。黒い霧。黒い雨。黒幕。黒い雪——黒はなぜか、悪の想い出ばかりだ。

だが、だからといって、黒人にも悪のイメージを冠するのは、間違いである。

17

「生きた、書いた、恋した！」という遺言で知られる『赤と黒』の著者スタンダールは、一七八三年、グルノーブルで生まれた。父のシェリュバンは、弁護士である。

年譜によると、一七九三年、十歳でルイ十六世処刑の知らせを聞いて大いに喜び、十四歳で、旅回りの女優ヴィルジニーに恋をし、十七歳で娼婦《しょうふ》によって童貞を失った、ということになっている。彼の一生は、いわば情事と「悪性の病気」と執筆生活の繰り返しであり、五十九歳で死ぬまでに、例年のように遺言を書いたり、奇行を繰り返したりしているが、それは彼の若い時代からの多血症のせいだったという説がある。

18

スタンダールの少年時代は、過激共和思想への共鳴から始まり、やがて無神論者になり、イエズス会打倒の急先鋒《せんぽう》へとなっていった。

彼は、飽くなき欲望と、野心を抱き続けていたが、それがどうして生れ出《い》ずるのかについての、疑いを持ったことは一度もなかった。

彼の叔父は、革命の動乱期にあって、少年スタンダールに、実に見事なアドバイスをしたものだ。

「これだけはよく憶えておけよ。女に逃げられた時が、いちばん笑いものにされやすいのだ。そうなると、ほかの女には三文の値打ちもない男になりさがってしまう。逃げられたら、すぐさまほかの女を口説くのだ。手ごろなのがいなけりゃ、小間使いを口説くんだな」（『エゴチスムの回想』）

19

恋には、七つの時期がある、というのがスタンダールの観察である。

一、感嘆。

二、……したらどんなにいいだろう、など。

三、希望。

四、恋が生れる。

五、第一の結晶作用。
六、疑惑が生れる。
七、第二の結晶作用。
恋にくよくよしたと思ったら、スタンダールの『恋愛論』ほどの書物は、滅多に手にはいらないだろう。それは、恋をきわめて精神的現象としてとらえている。だが、「二人の肉体を結びつけたもの、恋の基礎に、肉体的快楽がはいっていれば、それだけその恋は心変りと、とくに裏切りの危険がある」というスタンダールの意見は、もはや、私たちを説得する力を持たない。

むしろ、「肉体的快楽」を伴わぬ恋にこそ、心変りや裏切りの危険があることを、女子高校生でも知っているからである。
一、出会い。
二、……したらどんなにいいだろう、など。
三、肉体関係。
四、恋が生れる。
五、希望。
といった展開が、スタンダールの『恋愛論』にとってかわろうとしている。

20

スタンダールは、まだ「放蕩《ほうとう》」という概念があったころの文学者である。

だが今では、「放蕩」という概念がないので、スタンダールも、生きのびることがむずかしくなってきた。

そして、私の本棚《ほんだな》からも、彼の書物は、すっかり片付けられてしまったようだ。

21

メリメは、「猫《ねこ》と女は呼ぶと逃げ、呼ばない時にやってくる」と、書いたものである。

今では、猫と女の代りに、大小説という言葉をはめてみても面白い。大小説は、ほんとうに呼ばない時にしか、やって来なくなってしまった。

というのが、私の、近頃の考えなのである。

毛沢東

毛沢東　Mao Tsê-tung（1893—1976）中国の政治・思想家。湖南省の出身。中国共産党創設に参加，国共分裂後は農民暴動を指導し，朱徳とともに紅軍を組織，1931年中華ソビエト共和国臨時政府主席に就任，34年西遷を敢行して陝西省に移り，日中戦争に国共合作して抗日戦を指導，戦後は蔣介石の独裁を打倒して，49年中華人民共和国を建設，政府主席となった。58年からは党主席に専任。『新民主主義』『矛盾論』『実践論』ほかの著作がある。

毛

〔毛〕①哺乳類《ほにゅう》の皮膚に生じる表皮の糸状角質形成物。皮膚の毛嚢《もうのう》におさまる部分を毛根、外にあらわれた部分を毛幹、先端を毛先という。②髪、毛髪。③羊毛、毛糸。④はね、羽毛。⑤物の表面に生ずる細い糸状の物。⑥稲の穂のみのり。⑦鎧《よろい》のおどしげ。——の末。きわめてわずかなもの。——のはえた物。やや年功を経たもの。

毛

四年ほど前に、イースト・ビレッジの片隅《かたすみ》で、パンと水だけで貧乏しながら、ロック・ミュージカル『ヘアー』をやっていたグループの中の一人の黒人が、私に言ったことがある。

「ヘアー、って日本語は、毛って書くんだそうですね?」私はうなずいた。

「そうだよ。ヘアーは、毛ってことだ」

「その毛っていうのは、中国の偉大な指導者マオの名前だというのは、ほんとうですか?」

ヘアー=毛　毛沢東　なるほど、と私は思った。

みんなは『ヘアー』のことを、ちぢれた陰毛とヒッピーの長髪のこととしか考えていないが、毛のもう一つの意味を省いてしまっては、このミュージカルの革命的な意図は生かされないだろう。『ヘアー』の毛は、毛沢東の毛だ。『ヘアー』の毛は、毛沢東の毛だということを忘れてはならない。

影丸

ところで、その毛沢東は私にとってマルクス主義者というよりは、劇画の主人公であった。

十七歳で弁髪を切って革命軍に入り、(すでに一度除隊したが)二十七歳で中国共産党創立に参加、農民運動を指導し、その組織力で農村の各地に革命の根拠地を作ってまわったあたりは、白土三平の『忍者武芸帳』や『カムイ伝』の主人公の面影が重複する。

農村における毛沢東の信頼は絶対であり、毛沢東もまた、農民兵の蜂起《ほうき》こそ革命の原動力になるのだ、と信じていた。しかし、そのことは都市労働者を革命の中核とみなすコミンテルンの指導方針とは、相容れるものではなかった。

(コミンテルンは、国際共産主義運動の組織として、一九一九年の三月に結成され、中国

共産党に対しても指導的立場をとっていたのである)

そこで、毛沢東は党の内部では、なかなか重用されることがなかった。

当時の中国は、軍閥が支配し(さながら白土三平の劇画の幕府のように悪代官の圧政を許し)、貧困と飢餓とで荒《すさ》びきっていた。日本をはじめとする列強は、中国国土内の利益をほしいままにし、その帝国主義勢力は、「小さな火花が広野を焼きつくすように」中国全土に及びつつあった。一九二一年、孫文の国民党と共産党は、協力合作することによって、軍閥政府を倒し、列強を駆逐《くちく》するための「国共合作」に踏み切ろうとした。

この国共合作は、はじめコミンテルンの指令として出たものだが、国民党では孫文の右腕である蔣介石が積極的に支持し、共産党では毛沢東らが支持したものだった。その背後には一九二三年の京漢鉄道ストの際に、軍閥呉佩孚が軍力によって鎮圧にあたり、労働者三十二名を虐殺した事件があり、共産党としては、その軍事的非力さへのあせりがあった。国共合作が、ソ連、コミンテルンの仲介によって成ったのは一九二四年一月のことである。

後に、中国を二分することになった毛沢東と蔣介石は、ともに中国を列強から守るために、一つの陣営に与《くみ》することになったのである。

「蔣介石は、軍隊を自分の命のように考えてきた。軍隊があれば、権力があり、戦争がすべてを解決するというこの基本点を彼はしっかりつかんでいた。この点で、蔣介石は私の先生であった」(毛沢東)

やがて、毛沢東は『湘南農民運動視察報告』（一九二七年）を執筆し、その農民中心の叛乱論は、党内の批判にさらされることにもなった。そのへんについて、竹内実は書いている。

「彼は党の命令をうけると、その年の秋の農民の蜂起を指導する。しかし、それが失敗すると、党中央の主導権争いや理論闘争にはいささかの未練もなく、わずか千人未満の兵力を率いて、井岡山に登ってしまう。党中央に対して叛旗をひるがえしたといって言いすぎになるなら、中国革命に対して、革命的批判を開始したといってもよい。だが、まるで『水滸伝』を地でいったとしか思えない彼の行動は、党中央の非難の的になった」（『毛沢東伝』）

三国志

漫画サンデー増刊『劇画・毛沢東伝』によると、中国共産党の第一回全国代表会議に出席した十三名のうち、九名までがのちに、姿を消しているそうである。

李漢俊（銃殺）　李　達（離脱）　張国燾（除名）　劉仁静（追放）　包恵僧（除名）　鄧恩銘（獄死）　王尽美（戦死）　陳公博（除名）　周仏海（除名）

毛沢東の青年時代は、まさに中国という「国家」の青年時代でもあり、三国志を思わせる英雄、豪傑の乱立の時代でもあった。そしてそれは、歴史を虚構化して語ろうとすればするほど、いきいきとしてくる。毛沢東が、自由主義――無政府主義――ブルジョア民主主義――マルクス主義と遍歴したことについて、それがあまりにめまぐるしすぎるために批難する史家もいるが、私にとってはそんなことは、まったく問題にならない。

『三国志演義』を支えているのは、イデオロギーではなく、劇的葛藤《かっとう》だからである。

当時、十二歳下の劉少奇は毛沢東の家に居候しており、林彪はわずか十七歳。蔣介石が校長をしている黄埔軍官学校の学生であった。

同じ学校で、周恩来は政治教官で、政治部主任であった。一九二六年、国民党軍総司令官となった蔣介石は、北方軍閥を倒すために軍を起し、北伐に遠征した。

八月、漢口占領、十月、武昌占領、十一月、九江、南昌占領と、北伐は目を見はるような戦果をあげ、北伐軍の行くさきざきでは、農民や労働者が積極的に協力し、道案内や糧食運搬の一切を引き受けた。だが、やがて、この戦果をめぐって国民党と共産党のあいだに、功名争いが生れた。

『劇画・毛沢東伝』では、この場面を次のようにえがいている。

(スターリンのような髭《ひげ》の男)

――蔣将軍!

このようすでは三月には上海《シャンハイ》へ入城できますな!

(コマかわって蔣介石の顔)

──ム！

予想外の快進撃だったな！

（コマかわって馬にまたがった髭男と蔣介石の対話で）

──ハッ！

しかし将軍……共産党のやつらはこの北伐の成功を共産党のつくった大衆組織の圧力におうところが大きいと宣伝していることをごぞんじですか
──……

知っておる！

（コマかわって、髭が顔より大きなゲンコツを突き出す）

──事実この宣伝によって共産党はここ一年で勢力をいちじるしく拡大しておりますぞ！　おまけに労働組合や農民組織までが北伐の成功により非常に自信をつけております！　これは非常に危険なことと考えますが……

（コマかわって、蔣介石、眼光するどく腰の軍刀に手をかける）

──そろそろ時期が来たようだな！

（コマかわって、馬上の蔣介石、軍刀を一閃《せん》した）

──共産党との鎖を断つ!!

（コマかわって軍刀が木の幹をまっ二つ）

——バスッ！

（コマかわって）

その軍刀をじっと見ている蔣介石の顔。

一九二七年、四月に蔣介石は突如クーデターを起し、反動に転じた。そして、労働者、共産党員の大虐殺をはじめたのだ。この意表をつく裏切りのショックは大きかった。毛沢東は労農革命軍を組織してそれに抵抗したが、勢いにのった北伐軍には敵《かな》わなかった。しかし、翌二八年に、朱徳が一万人の軍を率いて、毛沢東の前にあらわれ、中国労農紅軍第四軍の結成にいたるのである。

方言政治の赤い星

一言で言えば、毛沢東は「持久の人」である。彼のねばりは、革命にとって不可欠のものである。私は、『毛沢東語録』には退屈するが、『持久戦論』には詩を見出す。

「政治は血を流さない戦争であり、戦争は血を流す政治である」「革命戦争は一種の抗毒素である」（『持久戦論』）

エドガー・スノウは毛沢東について、

「教師、政治家、戦略家、哲学者、桂冠《けいかん》詩人、国民的英雄、家長、そして歴史上もっとも偉大な解放者のすべてであるからである。中国人にとって毛沢東は、孔子、老子、ルソー、マルクス、それに仏陀《ぶつだ》をあわせた存在である」（『今日の中国』）と書いている。

だが、こうした偶像化を私は好まない。毛沢東は、すぐれた革命家であり、中国の指導者であり、歯がまっくろになるほど煙草の好きな男、妻を三度変えた男、そして郷下人（シャンシャレン）と呼ばれる田舎っぺであったという方が、はるかに人間らしいのではあるまいか。現在、花菱アチャコを思い出させる毛沢東も、青年時代には歴史活劇の主役にふさわしい二枚目であったが、その方言はひどいもので、そのために北京の知識人へのコンプレックスが強かった、と思われている。

彼の土着マルクス主義と湖南の方言との関係について書いた論文を私は読んだことがないが、そのへんに私が毛沢東を理解する手がかりがあるのかも知れない。私の考えでは、政治の言語はつねに「標準語」であり、人生の不安や性の悩みについて語るときだけ「方言」が生きてくるのであった。だが、七十六歳になった今でも、毛沢東の話す北京語（中国の標準語）を、はっきり聞きわけることは、極めて困難だと言われていて、そのことが農民たちに親しまれる大きな理由となっているのである。

そのくせ、毛沢東の書いたものの大半は、標準語の構造と文脈をもっていて、私には親しめないものが多い。

「歴史上の戦争は二種類に分けられる。一つは正義の戦争であり、もう一つは不正義の戦争である。進歩のための戦争がすべて正義の戦争であり、進歩をはばむ戦争が全て不正義の戦争である」というとき、進歩とはいったい何なのか、私にはひどくおぼつかなく思われるのだ。同時に、学問のない農民を対象にしてると言っても、勧善懲悪、正義、自由、解放、といった「標準語」には、にんげんの体温、手ざわりを離れたものを感じる。

これも世をしのぶ仮のすがた

いったい、私にとって中国とは何だったのであろうか？

私はラーメンを支那ソバと呼んだ最後の世代に属し、毛沢東の「長征」に感動して、日本縦断歩行を思い立ち、リュックを背負って歩き出して一夜で発熱した世代である。私は、大学時代にはエドガー・スノウを愛読し、荒野ということばは中国にしか存在しないだろう、と遠く想い、そして武田泰淳の小説『風媒花』の文庫本をレインコートのポケットにいつも入れ、まだ見ぬ大陸のことを口にしては、なぜか顔のほてってくる想いをしたのであった。

私は毛沢東が好きである。湖南が好きである。長征に心うたれ、紅軍に喝采《かっさい》し、女優江青を愛することができる。麻雀が好きで、『金瓶梅』も好きで、黄河も好きで、紅衛兵も好きで、革命こそドラマツルギーだと思っている。そしてまた、阿片《アヘン》吸飲に泣く少年が好きで、姑娘《クーニャン》が好きで、朱徳が好きで、楊貴妃酒が好きである。

だが、中国は大きらいなのだ！　あらゆる「国家」が好きになれないのと同じ理由で。「国家」はつねに、正しい思想によって形成される。私はゴダールの『中国女』という映画の中の一場面で、学生たちが『毛沢東語録』を山のように積んで、マルクス主義に対する認識について議論していたのを思い出す。

オマール「では、正しい思想はどこから来るのか？　さあ、正しい思想はどこから来るのか？」

全員が、社会的実践とか生産闘争、科学実験ということばを口にする前に、女中のイヴォンヌがニコニコして答える。

イヴォンヌ「天から降ってくるの？」

ああ、何という名答だろう。正しい思想とは、まさしく天から降ってくるものなのである。そのことがわかっているからこそイヴォンヌは、この政治的な時代に、あんなにかわいい顔をもっていられるのだと、私は思ったのであった。

カミュ

カミュ　Albert Camus（1913―60）フランスの作家。アルジェリアに生れ，同地の大学で哲学を専攻，1938年頃から戯曲『カリギュラ』を執筆，文学活動に入った。第二次大戦中レジスタンス運動に参加，42年『異邦人』，47年『ペスト』を発表するにおよんで，その不条理の哲学とともに一躍世界的作家として注目を浴びた。ほかに戯曲『戒厳令』『正義の人々』評論『シジフォスの神話』『反抗的人間』などがあるが，60年に自動車事故で急逝した。57年ノーベル文学賞を受賞。

川で溺れた男の場合は

カミュと言えば、いつも思いうかぶエピソードが一つあった。

それは、

「泳げない男が川のほとりを歩いていたら、溺《おぼ》れた男の助けてくれという悲鳴がきこえてくる。そんな時、泳げない男はどのように対処するべきか？」

というもので、もし、助けようとして川に飛びこんだら、泳げない男も溺れている男も、どっちも溺れて死んでしまうだろう。

だが、人影もまばらな夜の川のほとりで、泳げる人を探しに行ったとしても、間にあわないことはわかり切っている。自分の非力さ故に人を死なせてしまったという後悔は、いっそう深く心にかかるだろう。

では、きこえぬふりをして通りすぎるか？　だが、耳をふさいで川のほとりを通り過ごしてきたとしても、「助けてくれ」という声は幻聴のように、その後数日、数月、数年のあいだ、彼をなやますにちがいない。

そこで、現代人の大部分は決して川のほとりを通らぬようにしている――というのである。

このエピソードは、カミュの晩年の短篇『転落』の中から拾い出したものだ、というのが私の記憶であった。

そこで、あらためて、このエピソードを引用しようとして『転落』のページをめくってみると、実は、このエピソードはカミュの書いた文章の内容と、大きくくいちがっていたのである。

カミュの書いているのは、正確には、

「誰かが身投げしたとする。採る道は二つに一つ。その後を追って跳《と》びこんで、自殺人を救いだすこと、この寒空で下手をするとこちらまで死ぬかもしれない！　もう一つは見殺しにすること、しかし、跳びこんで救ってやろうとしなかったことは、しばしば妙に心の疼《うず》くもとになるものですよ。では、おやすみなさい」（『転落』）

というのであった。

だから、私の記憶は大きく三つの点で、まちがいを犯していたことになる。

一は、この男が溺れて助けを求めているのだという思い込み。

二は、川のほとりを歩いているのが、「泳げない」男だという思いこみ。

三は、この男が自殺しようとして川に跳び込んだ、ということとの否定。

いったい、どうしてこんな大きな記憶ちがいをしたのだろうか？

そのことについて、もう一度考えてみることが、私のカミュ・ノートの総括ということになりそうだ。

これから先だって、手遅れですよ

カミュの『転落』で、川に溺れているのは自殺志願者である。それを助け上げるかどうかは、川のほとりの通行人の自由である。少なくとも、ここでは、二者の関係は避けがたい悲劇としては、描かれていない。カミュの書こうとした、不条理はもっと根深いところにあり、それは川から引揚げたとしても、自殺者を救ったことにはならない、というかたちで描かれているのだ。

「仕方がない。やらなくちゃなるまい、うわあーっ！　水は冷たいぞ！　しかし心配無用！　今じゃ手遅れだ。これから先だって、ずっと手遅れですよ。ありがたいことに！」（『転落』）

これが、カミュの小説のしめくくりである。どのみち、自殺しようとして川にとびこんだものを、川から救っても死の誘惑から救わない限り、「救済」などにはならない。「これから先だって、ずっと手遅れですよ。ありがたいことに！」というカミュのアイロニーの底には、フランス知識人が大戦を通して舐《な》めてきた歴史への幻滅が、濃く影を落している。

ところが、私はこのエピソードを十年ものあいだ、「自殺者の話」としてではなく、「溺れて助けを求めている者の話」として、記憶していたのだった。

死にたい者の話を、生きたい者の話として、とりちがえて記憶していたのは、私の若さのせいだと言ってしまえばそれまでだが、おそらく私は、あらゆる人間がまだ「救済可能」だと思い込みたかったのだろう。

しかし、私は同時に、川のほとりの通行人を泳げない者と規定している。これも、当時の私の非力さからの勝手な連想であって、十八、九の貧乏学生は、所詮《しょせん》は溺《おぼ》れる同時代人に対して「泳げない」通行人でしかないと卑下していたのだ、と思われる。

だが、私の決定的な記憶ちがいは、ここで両者の関係を不条理として描くことによって、図式化し、それを他人との関係を論じる材料にしてしまったことにあるようだ。

よく読んでみるとカミュは、この身投げした者と、通りすがる者とを同一人として、どっちも自分自身として扱っていることがわかる。

カミュは、このエピソードを政治化することを拒んで、内心の声として扱っている。それを長い間、私は政治化しながら引用してきたことがはっきりしてみると、いまさらこの違いを修正するよりも、今では私は、私とカミュとの違いとして扱った方がいいのではないか、と思われる。

正義と太陽との函数関係

少年時代の私にとって、カミュの書物は政治的書物であるよりは、地中海の青と太陽にあふれた内部への観光書であった。

それは、夏の書物であり、殺人の書物であった。

「太陽のせいで」人を殺した『異邦人』の主人公ムルソーの告白を読み、私は、「人を殺させるほどの強烈なアルジェリアの太陽」をうらやんだ。

実際、私の育った青森では、いつもどんよりと曇っていて、太陽が顔を出すことなど滅多になく、まれに陽《ひ》が射しても、うっすらとした翳《かげ》しか感じることができないのだった。

それは、いわばささやき声の太陽であり、人びとの心の底にある、わけもない罪悪感をそそのかす、横顔の太陽なのだった。

北国の人々が、何事につけてもあいまいに口ごもるのは、太陽が事物にくっきりとした輪郭を与えないからだ——と、私は思っていた。

だから、カミュの『正義の人々』の中で、ステパンが、

「ぼくは人生なんか愛してないね。だが、正義を愛している。それは人生以上のものだ」

と言っているのを読んで、びっくりして、

「正義だってよ」

と、友人と話あったものだ。

「そんなことばを、考えてみたこともなかったな」

正義のために、革命に身を投じたステパンが、カミュのイデオローグの代弁者だとすると、私たちは同じ戯曲の中で、大公に爆弾を投げる詩人カリャーエフの、

「ぼくは人生を愛している。退屈なんかしていない。人生を愛しているからこそ革命に身を投じたんだ」

ということばの方に、より親近感を覚えたものである。

「おまえ、正義なんて考えたことがあるか?」

と、きくと円形脱毛症に悩むマルクス研究会の篠原は、「そんなことばは、戦争の方便にしか使わないのか、と思っていたよ」と言った。

実際——私たちにとって、正義ということばは、連続放送劇『月光仮面』(おお! 太陽ではなく月光であることに留意せよ)の主題歌の中にしか出てこないものであった。おそらく、と私は思った。

太陽の光の強烈なところでのみ、正義はその輪郭をあきらかにするものなのかも知れない。

だからカミュは「思想の正午で、反抗者はこうした神格化を拒絶し、万人に共通の闘争と運命を分ち合う」と書いている。ニーチェ、マルクス、レーニンは「再生することがで

きる。しかし、彼らが互いに訂正しあうことと、太陽の下での一つの限界が、すべての者を停止することを了解するという条件つきである」(『反抗的人間』)
太陽の下で、しかも太陽が公正な中天にとどまっている正午においてのみ「正義」の綱領となるのならば、西日と片影でばかり育った私たちには「正義」はあまりにもまぶしく、あまりにも手のとどかぬ高みにありすぎるように思われた。
「犠牲者も否、死刑執行人も否」とカミュは書いた。それは、おそらく何びとも反対することのできない一つの綱領ではあるだろう。
だが、政治的選択は時には犠牲者を生み出し、時には死刑執行人を必要としてきたのであり、少なくともカミュもまた戦後フランスの植民地政策に、間接的に加担するかたちで、しばしば「犠牲者と、死刑執行人」を自分の肩書としてきたこともまた、否定することができないのである。

青森県のカミュはベレーをかぶる

アルベール・カミュは一九一三年十一月七日、アルジェリアの生れである。

父のルシアンは葡萄《ぶどう》酒醸造所の農業労働者、母のカトリーヌは無学文盲の家政婦あがりで、その生い立ちは貧しいものであった。

当然のように、カミュは政治参加によって「道を切り開こう」とした。晩年の政治への幻滅とは対照的に、青年時代のカミュの活動は目ざましく、一九三三年に反ファシスト的なアムステルダム――プレエル運動。三四年末には共産党入党。アラブ人たちと共に植民地の正義のために戦った。三五年、人民戦線時代のフランスとロシアの友好関係が、植民地的不正を軽視する方向へ向ったのに異を唱えて脱党。その後、俳優および演出家兼作者として、自らの劇団《労働座》を三六年に設立している。

三六年といえば、私の生れた年である。

こうしたカミュの遍歴についてはオブライエンの『カミュ』に詳しいので、ここでは省くが、政治参加から演劇人、文学者へと辿《たど》ってゆく経緯に、私は興味をひかれる。つまり、カミュは、現実の中での政治参加を、虚構の中での政治参加へと移行させることによって、くっきりと正邪の輪郭をとらえることに成功したが、逆にそのことによって個人の非力さ、不条理といったものを思い知らされることになったのである。

年ごとに、カミュは何もしない人になることによって現状維持悪に加担し、しかし、サルトル＝カミュ論争において、その論旨の明晰《めいせき》さにおいてサルトルを凌駕《りょうが》することになる。

「今じゃ手遅れだ。これから先だって手遅れですよ。ありがたいことに」

というシニシズムは、意地悪な予言者をこえるものではない。『異邦人』『シジフォスの神話』『ペスト』――と、私たちの学生時代に、カミュほどの影響力をもっていた作家を、私は知らなかった。

しかし、カミュの端正な顔立ち、数字のように正確な文体、冷たい裁判官のような正義範例――いつも正午をめざす思想と、人生ぎらいを思わせる禁欲性、一匹の猫《ねこ》のひるねも許さないような潔癖さは、私を書物よりそばには近づけてくれようとはしなかったのである。

ノーベル賞受賞後、アルジェリアのフランス人として、右翼的に見られがちになったカミュは、

「わたしは正義を信じる者であるが、正義以前にわたしの母を防御するであろう」（『スウェーデンの演説』）

と語って、かつてのカミュの愛読者だった私を、びっくりさせた。

何ということばだろう。

この演説は、アルジェリアにおけるアラブ人の反抗テロを非難したものだが、「わたしの母を防御」するために、十万人の「アラブ人の母」の生活をどん底におとし入れているかも知れない、自分の側の暴力については、口をつぐんでしまっているのである。

アルジェリアとちがって、北国の青森には正義の輪郭がぼやけていると書いたが、それでも、私たちの町にもいかさまのカミュが何人かいた。

彼らは、ベレー帽をかむり、コーヒーと実存主義が何よりも好きで、スノビズムに浸り、

カミュやサルトルを「さん付け」で呼び、ガリ版の雑誌に、不条理をモードとした小説を書き、政治参加を拒み、ときどきジュリエット・グレコのシャンソンを口ずさんだりしながら小さな嘘《うそ》とごまかしで生きている。

だが、私は彼らの毒にも薬にもならない集まりの方が、カミュの「思想の正午」よりもはるかに好ましいと思うようになった。

なぜなら、彼らはまだ手遅れだということを知らずに、人生を信じているからである。

ニーチェ

ニーチェ　Friedrich Wilhelm Nietzsche（1844—1900）ドイツの哲学者。古典文献学を修め，ショーペンハウアーおよびワグナーの影響をうけ，『悲劇の誕生』などの論文を書いた。普仏戦争に従軍してのちは病苦と絶望に悩まされ各地に移転，『ツアラトゥストラはかく語りき』4部および自伝的作品『この人をみよ』を執筆して，89年発狂，1900年ワイマールで死んだが，その思想は「近代」に対するはげしい否定者として思想史上大きな位置を占めた。ほかに『反時代的考察』『善悪の彼岸』『権力への意志』などの著作がある。

1

スーパーマン俳優ジョージ・リーブスが、首吊《つ》り自殺をした記事を、私はソバ屋の古新聞で読んだ。スーパーマンが自殺するなどということがあるものだろうか？　それでは「人間的な、あまりに人間的な」結末にすぎないのではあるまいか？

2

だが超人を、万能人ととりちがえるのは、まちがいだった。ニーチェは書いている。

「人間は、動物と超人とのあいだに張りわたされた一本の綱である。――深淵《しんえん》のうえに張られた綱である。越えてゆくのも危うく、途上にあるのも危うく、振り返るのも危うく、ぞっとして立ちどまるのも危うい」。しかも、彼は「橋であって、目的ではないのだ」

3

「超人を目ざすものは、過渡のままで滅び去るほかはないだろう。太陽に近づこうとして、翼を焼かれて墜落したイカルスの悲劇は、おのれを超えようとして亡びるすべての青年の悲劇である」

私の大学ノートに、アンダーラインを付されてある一行。
「私が愛するのは、没落する者としてのほかは、生きるすべを知らない者たちである。なぜなら、彼らこそ越えてゆく者であるからである」（『ツアラトゥストラはかく語りき』）

4

ツアラトゥストラといえば、思い出される馬がいる。アイルランド産の青毛のサラブレッドである。ペルシアンガルフの仔で、長距離に強い馬だった。七歳まで走って、アイルランドダービーをふくむ十三勝を記録して引退し、期待されて種牡《しゅぼ》馬《ば》になったが、十六歳で死んだ。つい最近、私は雨の府中競馬場で、そのツアラトゥストラの仔のスズライオンという馬を発見した。「馬のくせに、獅子《しし》と名乗るとは、いかにもニーチェの思想にふさわしい。超馬というならば、ここは一つこれで勝負してみよう」というのが、私の着眼であった。それに、根拠がまるでなかったわけではない。この馬の姉のスズガーベラも、母のスズコマチも、私にはなじみの馬だったのである。

私はこの馬の単複を買った。ゲートがあいたとき、ハナに立ったのはブラザースホープ（兄弟ののぞみ）という馬とクインフォンテン（女王の泉）という馬であった。下町の世話物的な名の馬と、高貴な名の馬とのせりあいは、三角をまがるまで激烈をきわめ、ようやく直線で（兄弟ののぞみ）が（女王の泉）を追抜いた。しかし、そのときケンポウ（憲法）という名の馬が、一気に他馬を制してハナを奪ったのだ。「自らの位置を超えよう」としていたが、騎手の小林のムチが入ってものびず、五、六番手にいて、結局レースは、直線一気にのびたヤマタケハナとケンポウの4―8で一番人気におさまってしまった。十一月七日の八レース。私は私の空っぽさが、スズライオンへの腹立たしさにかわるのを感じた。おお。「友人——共苦ではなく、共歓だけが友人を作る」（『善悪の彼岸』）

5

ツアラトゥストラといえば、思い出される雑誌がある。

それは日大文理学部の過激派で、第四インター系のアナーキスト学生たちのグループの機関誌だそうである。

私はまだその雑誌を見たことがないが、その名は、手製爆弾を作っている学生のアジトへふみこんだ刑事たちの押収物の中に挙げられていた。私は、革命をめざす孤独な少年が薄暗い四畳半のアパートの中で、手製の爆弾を作りながら、

「それは正午であった。突如として友！　一が二になった！」

というニーチェの句を噛《か》みしめている一刻の貧しさが、なぜか心に沁《し》みた。

6

私が最初にニーチェの名を知ったのは、中村草田男の『来し方行方』という句集の中の「十九歳よりの愛読書『ツアラツストラ』の訳書にて、二十数回、原書にて四回通読、今又原書を、初めより一節づゝ読み改め始む　二句」という前書きであった。

その句は、

鳴るや秋鋼鉄の書の蝶番《てふつがひ》

扈《し》に澄む水音読つゞくツアラツストラ

というものだが、私は同じ書物を二十数回も読んだことなどなかったので、そのことにまず圧倒され、それから古本屋をさがして『ツアラツストラはかく語りき』を買い求めて来て、二十数回読んでみようとこころがけた。しかし、中学生だった私にとって、この書物は吉川英治の『天兵童子』や佐藤紅緑の『ああ玉杯に花うけて』などより面白い読み物ではなかった。私は友人にうそぶいたものだ。

「家でおふくろに説教され、学校で先生に説教され、その上、本にまで説教されるんじゃかなわないよ」と。

7

「昨日、月がのぼった時、わたしは、月が一つの太陽を生もうとしている、と夢想した。それほど月はふくれ、身ごもって地平線にかかっていた。しかし、月は身ごもっていると見せて、わたしをあざむいたのだった。わたしは、月の中の女よりもむしろ男を信じよう」(『けがされない認識について』)

8

戦後、親父の権威が地に墜《お》ちてしまったから、せがれたちはひそかにニーチェの書物を手にとるようになった。あらゆるものの価値が相対化し、めざすべき「超人」のお手本を失った焼跡の世代にとって、高らかな声で、
「エッケ、ホモ! (この人を見よ)」
と豪語するニーチェの書物は、一つの勇気であった。

9

「人類の平和」だとか「戦後民主主義」だとかいうけど、われわれにとって、「人類では

なく、超人こそ目標である」(『権力への意志』)

だが、戦中には超人だった父が、戦後、ステテコと安月給袋をシンボルにして、にわかに人類に仲間入りしてきたとき、戦後っ子たちは自らの目標が、超人と人類とのあいだに引き裂かれるのを感じたのである。

人類を目ざす父と、超人を目ざす子。

この両者の対決は、「わが家の大草原」でショバ争いをする西部劇さながらの光景をくりひろげた。

「お父さん！　ぼくはマルクスの『資本論』を買って送ってくれと頼んだんですよ。ところが、お父さんの送ってくれたのは『努力しないで出世する法』だったではないですか！」

と怒り、「ヨットで太平洋を横断する」夢を見つづける子と「何事も平凡に生きることが理想」で「片隅《かたすみ》にも幸福はある」と思っている父との対立は、いまのところ大局的には父が優勢を占めているかのように見える。「人類」ということばと、「平和」ということばがうまく折合っているあいだは、何ものをもってしても、それを打負かすことは困難だからである。

10

フリードリッヒ・ニーチェは一八四四年の十月十五日に牧師の長男として、ドイツのザクセン州リュッツェン近郊のレッケンで生れた。天秤座《てんびんざ》の星である。天秤座の性格は、バランス、協調、温和だから、ニーチェは自らの運命に逆らって自己形成をしたことになる。五歳の時、父が脳軟化症で死亡。二十歳でボン大学に入学し、神学と古代文献学を専攻し、ショーペンハウエルの書物に影響をうけた。二十四歳でワグナーと出会い、二十八歳で『音楽の精髄からの悲劇の誕生』を出版。四十四歳、精神錯乱の徴候があらわれる。一九〇〇年、五十六歳でワイマールにて死亡。病因は、梅毒であったと言われている。

11

「男は戦士たるべく教育されねばならぬ。そして女は戦士の慰安として。これ以外の他のことはすべて愚」(『ツアラトゥストラはかく語りき』)

12

ニーチェの場合、すぐれた父の死が「神は死んだ」という言葉にとってかわり、その不在の父になろうとして、超人をめざしたのだと考える人がいる。だが、ニーチェのめざした超人と、ニーチェ自身の肉体的条件とについて考察してみると、ニーチェは一〇〇メートルを十秒台で走ることなどできなかった。ニーチェは腕立て伏せの才能もなければ、ギリシャ的均斉美の持主でもなかった。ニーチェはハンサムでもなければ唄がうまいわけでもなく、性的能力も秀でているわけではなかった。

だからニーチェの信じていたのは、専ら精神と理性とによる強者であり「肉体は一つの大きな理性である、一つの意味をもった数多性である、戦争であると共に平和であり、畜群であるとともに牧人である」「血をもって書け、そうすれば血が精神であることを理解するだろう」(『ツアラトゥストラはかく語りき』)といったことばがくりかえされることになるのである。

だが、「超人を目ざすもの」が、たかが四十四歳で精神病に罹《かか》り、五十六歳で死ぬとは、なんと悲しい冗談だろう。トレーニングをおこたり、ひたすら書物の谷間で木洩《こも》れ陽《び》をあびながら、瞑想《めいそう》と惰眠にばかりふけっていたと思われても、仕方ないではないか。

13

家の中で、父子の権力が逆転するのは、引越しのときである。父に重くて持てなかった荷物を、子が軽々と持上げる。

思わず、父が嫉妬《しっと》をこめた眼差しで子を見遣《や》る。もりあがった筋肉、逞《たくま》しい肩、そして白い歯。——子は、軽蔑《けいべつ》をこめて父を見返す。そして、もう支配されないということを宣言するために朝早く起きて、バーベルをあげたりおろしたりするようになる。これ見よがしに示威されて、父は次第に自信を失ってゆく。このところ続いている勃起《ぼっき》不全、早漏、そして「わが子に妻を寝奪《と》られるのではないか」という不安。そこには、「肉体は一つの大きな肉塊」であるだけではなく「肉でできた、もっとも精密な人間という名の機械」（ジョン・スチュアート・ミル）でもあることが証明されている。家の中における父の死は、必ずしも言語と思想の領域内の出来事ではなく、まず「体力検定」からはじめられるのだ。

14

ニーチェの啓示のなかで、私がもっとも心うたれたのは「悲劇の死」ということであった。

その見事な指摘は、七十年たったあとの現代をも、燈台の光のように照らしつづけている。

「ギリシャ悲劇は、一つの解きがたき葛藤《かっとう》の結果、自殺して果てたのであった。つまりギリシャ悲劇は悲劇的に死んだ。ところが他の文化類はすべて高齢に達して美《うる》わしく静かに息を引き取った。すばらしい子孫を残し、痙攣《けいれん》することもなくこの世に別れを告げるということが幸福な自然状態にふさわしいのだとすれば、かの古代の文化類の最期はそのような幸福な自然状態を示しているといえよう」（『悲劇の誕生』）

たしかに、現代には悲劇は不在である。人の死や人生の悩みは、ことごとく喜劇に早替りしてしまった。「人生相談」は週刊誌にユーモアを提供し、サラリーマンの首吊り自殺は、ブラック・ユーモアとして食後の話題にされる。ハムレットの苦悩は、決断力の乏しいナルシストの喜劇であり、自らの目を突いたエディプスも、「おふくろと寝たぐらいで、ガタガタさわぐなんてどうかしてるよ」ということになる。

だが、「悲劇は死せり……」といった時代感情を、ニーチェ自身はワグナーの音楽を媒体として「再び息を吹きこもう」としたように、私たちもまた「政治」を通して再発掘しようとしているかのように思われるのである。政治の中の悲劇的認識がよび起す喜悦と歓呼は、さしあたってアドルフ・ヒットラーによって、「地球を血で洗う」歴史を記録させることになった。

15

「漂泊者――ほんのいささかでも理性の自由に達した人は、地上ではおのれを漂泊者として以外に感じることができない」（『人間的な、あまりに人間的な』）

聖徳太子

聖徳太子（574—622）用明天皇の第一皇子。本名廏戸《うまやど》皇子。内外の学問に通じ，推古天皇の即位とともに皇太子となり，摂政として政治に当った。「冠位十二階」「十七条憲法」を制定して国内改革をはかるとともに，仏教興隆の詔を下し，諸国に多くの寺院を建立するなど飛鳥文化の中心的人物でもあった。その著『三経義疏』は仏教経典の注釈としてすぐれているのみならず，今日残る最古の著述として貴重。のち政治を離れて，斑鳩宮にひきこもり，推古帝の30年，49歳で没した。

聖徳太子、大好き

誰でも聖徳太子が好きである。
ポケットに聖徳太子が入っているだけで、何となく安心する。
現在、わが国に何人の聖徳太子がいるかということを調べてみたところ、一万円札の中の聖徳太子が、
三億六千七百十万八千六百人
五千円札の中の聖徳太子が、
六千六百五十六万六千人
旧千円札の中の聖徳太子が、
一千五百四十二万六千人
いることがわかった（日銀調べ）。
これに百円札の生き残りをあわせると、ざっと四億五千万人、日本の総人口の四・五倍の聖徳太子がいることがわかる。
ためしに、東京都の電話帳をめくってみると、そこにも、
聖徳学園……（四五×）一△〇×

聖徳寺………（六一×）四△九×
聖徳寺………（八四×）五△二×
聖徳太子講社本院
……（六五×）五△四×
聖徳太子祭記念行事委員会事業部
……（四〇×）二△〇×
聖徳太子奉讃《ほうさん》会（財）
……（二〇×）三△九×
聖徳太子奉讃連事業部
……（四〇×）七△一×
聖徳電気工事（七四×）〇△五×

と「聖徳」の名がずらりと並んでいる。だが、聖徳太子はいったい、何者だったのかについては、今もって謎《なぞ》が多いのである。

聖徳太子の亡霊で、生甲斐《いきがい》を測量できると錯覚している小市民たちも、例年、資本家と労働者とにわかれて「聖徳太子闘争」をやるが、それらは「聖徳太子」が何者であるかという本質的な論争に昂められることなく、「もっと聖徳太子を下さい」「そんなに、やれない」といったやりとりの応酬に終ってしまっているのである。

国家権力の元凶だった

一言でいえば、聖徳太子はわが国で最初の「統一国家」を実現した男である。それまでの氏姓の組織による豪族の世襲的特権を排し、彼らの政治的支配権にかわって官僚による行政を確立した。これは、権力政治の行きすぎを是正して、国家運営を合理化するものであった。しかし、いまから思えば、このときがわが国の国家権力のふり出しだったと言うこともできるのである。

聖徳太子は、五七四年に用明天皇の子として生れたが、当時の政界は、大伴《おおとも》、物部《もののべ》、蘇《そ》我《が》の豪族によって三分されていた。

聖徳太子は馬小屋で生れたので、廏戸《うまやど》皇子と名づけられたということになっているが、当時の皇族の出産が「馬小屋で皇子を産む」ような素朴なものだったということは、興味深いことであった。

やがて、三豪族のうち大伴氏が任那《みまな》経営に失敗して、権力を失い、物部氏と蘇我氏との対立が表面化するようになった。物部氏は、神道に拠《よ》って輸入仏教を拒む武門の名家であり、蘇我氏は新興勢力、帰化人とも親密で朝廷直轄の屯倉《みやけ》を管理することで、経済的な実力を誇る仏教歓迎論者であった。

用明天皇が死ぬと、蘇我、物部の対立はついに武力によって勝敗を決するまでになり、結局、蘇我氏が物部守屋《もりや》を殺して、決着をつけた。当時、十三歳だった聖徳太子は蘇我氏の側についた。やがて、蘇我馬子《うまこ》は泊瀬部《はつせべ》の皇子（聖徳太子の叔父）を、擁して、崇峻《すしゅん》天皇としたが、事実上の政治的独裁者となり、その専横ぶりは目にあまるものであった。

たとえば、天皇から仏像をもらった馬子についてのある小説の描写。

「馬子は喜んで、物珍しげに仏像を抱き、退出してくる途中、ふと向うから歩いてくる佐那姫をみかけ、走りよると、親しげに姫に近づき、かねての恋文の返事を執拗《しつよう》に聞こうとした。佐那姫は、本質的に馬子を好かず、その時も顔をしかめて、馬子の手から逃げようとするが、荒々しい馬子の手につかまってしまった。

片手に仏像を持ちながら、しかも片手に佐那姫を抱いて唇《くちびる》を盗もうとする、そんな馬子の行状に、仏に対する彼の態度を判ろうというものである。その時は、廊下の向うから、人声が聞こえ、人影がみえてくるので、さすがの馬子も舌打ちして、ようやく姫を放す。

『佐那姫よ。この次はのがさんぞ』

姫は、恥じらいと嫌悪《けんお》の情に、顔を覆うて走り去った」（富士宮瓊光『人間聖徳太子』）

この小説は、馬子の仏教信仰がほんものでなかったことと、天皇への不遜《ふそん》な態度を批難しているわけだが、やがて馬子は殺し屋を雇って、崇峻天皇を暗殺し、思いのままになりそうな人物として、推古天皇を選んだ。これが史上初の女の天皇の実現である。

推古天皇は、馬子と結んでいたが、自ら政務を司ることを拒み、摂政として聖徳太子を選んだ。聖徳太子、十九歳の年であった。
この頃、摂政はまだ官職として制度化していず、わずかに仏典の教説に示唆《しさ》されているだけであった。（たとえば、一例として『法華経《ほけ》』には老王が政務を太子に委《ゆだ》ね、仏道修行にはげんだ、とある）
推古天皇――執政大臣蘇我馬子のあいだにはさまって十九歳の少年聖徳太子が、氏族の権力を天皇支配へ回収していったことは、止《や》むを得ぬことであった、というのが歴史家の分析である。
聖徳太子が、叔父殺しで「天皇殺害犯人」の蘇我馬子と、なぜ激突しなかったのか？という素朴な疑問には、
「もし、聖徳太子が馬子との激突をいとわないとすれば、太子の生涯は、もっと単純安易であり、したがって太子自身、人間としての苦悩に沈潜する必要もなかったであろう。聖徳太子が歩んだ道も、現実の諸条件によって規制される。たとえ太子に独自な道があるとしても、他者の立場を無視して突進すれば、やがては太子＝摂政であることを罷《や》めなければならない。といって、最初からわが道を選ぶことに絶望するのも、太子としての立場を放棄するのと、なんら異ならないであろう」（田村円澄『聖徳太子』）
といった「解説」が多い。
しかし、十九歳の少年摂政が、そのようなマキャベリズムを駆使しながら、自らの文章

には「人の善を匿《かく》すことなく、悪を見てはかならず匡《ただ》せ。それ、へつらい詐く者は、国家をくつがえす利器なり」(『十七条憲法』)と書いているのは、どのように解したらいいのだろうか？

私はふと、蘇我馬子を稀代《きだい》の悪党にしたてあげたのは、史家たちの虚構で、ほんものの馬子は聖徳太子のよき協力者だったのではないかと、推理しないわけにはいかなくなるのであった。

べつの川へとびこむ水音

ともかく、聖徳太子は「国家統一」をはたし、わが国初の憲法を制定した。

さらに冠位十二階を制定して、階級を制度化し、朝鮮半島に軍事的に干渉し、一世紀ほど中断していた中国大陸との外交を再開、遣隋使《けんずい》を送った。

こうした国家権力の確保、政治の基調として、太子は仏教を採用したのである。

「太子は、仏教を政治の基調におくことによって、諸部族の間の対立を緩和し、宥和《ゆうわ》して、民衆の生活の倫理性を高めようとしたのである。当時の仏教は、進歩した学問、芸術、技術の総合体であったので、仏教を盛んにすることは、また学問・芸術を振興し、技術を進展させるゆえんでもあった」(中村元『聖徳太子と奈良仏教』)

いずれにせよ、太子は氏族の権力を解体して、国家統一のなかにべつの権力を形成した。

それは、一つの川をとびこえたつもりで、べつの川へ落ちてしまった男の歴史である。私のような権力ぎらいには、聖徳太子の政治的業績よりも、いつのまにか統一国家の名のもとに、無国籍自由人たちを支配してしまった権力者としての肖像だけが、強く印象づけられている。

彼は、建国の絶対者で、十人が同時に話すのを全部聞きわける天才として、また幼少にして炊屋姫《かしきやひめ》(のちの推古天皇)の帝位に昇る兆《きざ》しを予言した予言者として、ほとんど伝説化された偶像であり、そして今また、高額紙幣の亡霊となって再登場して、国家統一のための要《かなめ》となっているのである。ああ、やだ。やだ。と、フーテンたちは、なけなしの一万円札をしみじみと見ながら、呟《つぶや》く。

こんなモノがなくなって、またむかしのように物々交換の時世になればいいのにな。そうすりゃ、俺《おれ》の詩も、じゃがいもと交換できるようになるかもしれないのに。なまじこんなモノがあるから、金持と貧乏人とができるんだ。

〔付録〕今、聖徳太子(大)一枚で買えるもの一覧。

週刊新潮百十一冊、サッポロ・ラーメン五十杯、ソープランド入浴(サービス料別)十回、国際電話東京—パリ三通話。ハイライト百二十五箱。朝日新聞購買料十一か月分。

にせ金つくり入門

さて、聖徳太子の統一国家への、造反の一歩として「贋金《にせがね》つくり」をおすすめしたい。贋札を作ることは、贋の国家を作ることであり、そのことは、とりあえず現在の国家から統一性を奪うきっかけを生み出すものだからである。

贋金発行人がふえればふえるほど、国家の統一性はうすれる。こんなことからでも、革命の糸口は、つかめるかも知れないのだ。

「私の力の大きさは、貨幣の力の大きさに等しい。貨幣の属性は、私――貨幣所有者――の属性であり、本質力である。私がどのようなものであり、またなにができるかということは、だから、けっして私の個性によって定まるのではない。私はみにくい。しかし、私はもっとも美しい女を自分のために買うことができる。したがって私はみにくくない、というのは、みにくさのもつ作用、人をおびやかすその力は、貨幣によってなくされているのだ。私は――その個人的属性によれば――びっこであるが、貨幣が二十四本の足を与える。だから私はびっこではない。私はいやしい。不正直で良心のない愚鈍な人間である。しかし、貨幣があがめられるので、その持主もまたあがめられる」（カール・マルクス『経済学・哲学草稿』）

「もし貨幣が、私を人間的生活に、社会を私に、私を自然と人間に結びつけるきずなであるとすれば、貨幣はすべてのきずなのなかのきずなである。だが、それはいっさいのきずなを結ぶだけではなく、解くこともできる。それは同時に、普遍的な分離手段であるので

ある」（マルクス、前掲書）

この貨幣ということばのなかに、聖徳太子は二重写しであらわれてくる。一人は、貨幣の属性の代名詞として、もう一人は統一国家の創始者としてである。たしかに貨幣は、シェークスピアの言うように、

「それは目に見える神であり、人間や自然のすべての性質をその反対物に変え、いっさいの物事をごっちゃまぜにし、転倒する。そして相容《い》れないもの同士をも、仲良くさせる」ことができるだろう。

そしてそれが、国家の普遍性でもあるのだ。だからこそ聖徳太子は危険人物だったのだということができるのである。たった一枚の、ヨレヨレの聖徳太子でも、

「個人に対して、それ自身本質であると主張する社会等のきずなに対して、転倒させる力としてあらわれる。それは誠実を不誠実に転じ、愛を憎しみに転じ、憎しみを愛に転じ、悪徳を徳に、徳を悪徳に、愚鈍を聡明《そうめい》に、聡明を愚鈍に転じる。

貨幣は諸価値の実在、活動する概念として、いっさいのものを混ぜあわせるのだから、すべてのものの一般的な錯誤であり、置換である。すなわち、それは転倒させられた世界、すべての自然的および人間的な性質の錯誤と置換である」（マルクス、前掲書）

同じことは、統一国家においてもくりかえされる。

国家もまた、殺人を死刑に、死刑を殺人に、殺人鬼を戦場の英雄に、戦場の英雄を殺人

鬼に転じることができる。それは、あくまでも置換えのユートピアであり、管理の縄《なわ》ときずなとの転倒であったりするのである。犯罪が国家なしでは存在せぬ概念であることを思うとき、国家が犯罪の母体なのだと教えてくれたのも、聖徳太子であった。

太子は六二二年、四十九歳で死に、二十一年後には、馬子の子孫蘇我入鹿《いるか》によって、その子を殺され、放火されて斑鳩宮《いかるが》もろとも一家全員焼死し、子孫絶滅した。

そして千三百年以上すぎた今、太子にあやかろうと天才教育にはげむ東京・三鷹の『聖徳学園』の児童たちが、無心に、声をそろえて歌っているのである。

みほとけさまの
みおしえで
にほんのおくにをよくしようと
すすんでくださったそのおすがたが
聖徳太子　太子さま

カフカ

カフカ　Franz Kafka（1883—1924）オーストリアの作家。プラハのユダヤ系商家に生れ，プラハ大学で法律の学位を得，裁判所，保険公社，労働者災害保険局などに勤務したが，結核を病み各地に転地療養のすえ，ウィーン郊外の療養所で死去。生前世に出た作品は『死刑宣告』『流刑地にて』『変身』『村医者』など僅かの短篇にすぎず，殆ど無名であったが，死後友人マックス゠ブロートによって未完の遺稿『審判』『城』『アメリカ』が公表されるにおよんで，実存主義文学の先駆として脚光を浴びるにいたった。

透明人間になりたい

少年時代に、私は「透明人間」になりたいと本気で考えていた。

そのため、松ヤニとミルクをねりあわせて全身くまなく塗るとよい——という上級生のいかがわしい情報を信じて、松ヤニしぼりに山へ登った。また、講談本の忍術の、消えるための呪文《じゅもん》をノートに書きとって暗記して唱えたこともあった。

だが、「透明人間」になることは、簡単なことではなかった。

「だいたい、おまえたちは」

と先生が言ったものだ。

「まだ、見える人間ではないのだ。人生がはじまっていない人間、社会的存在ではない人間が、透明になりたい、消えたいと言ったところで、無理な話だ」

それでも、私は見えない人間になりたいという願望をあきらめることができなかった。消えることが駄目なら、他のものに変身したい。せめて二つ以上の顔を持ちたい。

その頃の私の尊敬する人物は、多羅尾伴内だった。小便くさい場末の映画館で、ラウドスピーカーから流れてくる、あの変身の名人探偵の声。七つの顔、十三の眼の持主は、あるときは片眼鏡の運転手であり、あるときは白髪の下男であり、私の羨望《せんぼう》の的なのであった。

変身することは、存在の拡張である。

やがて私たちは「怪人二十面相友の会」を作って、変装術について、さまざまの工夫をこらすようになった。つけ眉毛《まゆげ》、かつら、つけ鼻、各種眼鏡、など。

だが、先生の言うように、私たちがどのように変身して見せても、誰も驚きもしなければ、相手にもしてくれなかった。そのうちに、仲間の一人が、自転車で県内一周旅行したい、と言い出し、皆が同意し、「怪人二十面相友の会」は「サイクリングの友の会」に改称されてしまったのだった。

ここから去れない——変身

旅行であれ、出立であれ、行き先のある者は、幸福である。変身は、行き先をもたないもの、目標をもたないものの、ぎりぎり追いつめられた居直りなのだ。

「『どちらへいらっしゃるのですか』

『知らない』と、わたしは言った。『ここを去るだけだ。ここを出て行くのだ。どこまでも去るのだ。そうしなければわたしは目標に到達できないのだ』

『それでは目標がおありなのですね』

と下男がたずねた。

『そうとも』とわたしは答えた。『いま言ったではないか。ここから去ること――それがわたしの目標だ』」（カフカ『出発』）

遠くへ行きたい、ここから逃げ出したい、といつも思いつづけていながら、行き先のない数万の人たちの不条理。

変身の物語はそこからはじまっている。

もう、自分をとりまいている風景も木もテーブルも、会社も、家庭も変ることがないのなら、仕方がない――自分が変るだけだ。デパートには、変装用品がまことしやかに並んでいるし、匿名（あるいは変名）で参加できる結社、団体はかぎりなくふえている。カフカの「ここから去ること」を「自分から去ること」と置きかえて、自分が自分でなくなることのなかに、幸福を見出そうとする人は少なくないのである。

二つの眠りのあいだ

蒸発した私の友人の場合。

彼は、市井《しせい》の豆腐屋であり、家庭には妻と一男一女があり、外から見ればきわめて幸福な、テレビドラマのモデルケースのような生活であった。いつも笑いのたえない家庭のパパであった彼が、ある日まったく原因不明の蒸発をしたとき、私たちはその理由がつかめず、たぶん一人で南米諸島にでも行ったのではないか、という話をした。

彼が、ときどきパナマかコスタリカに行ってみたい、と言っていたのを思い出したからである。

だが、数年後に「見つかった」とき、彼は岩手の小さな町で、豆腐屋をやって、失踪《しっそう》前とまったく同じように一男一女のパパになっていたのだった。何も変っていなかった。彼は、一つの眠りからさめて、べつの眠りにおちただけだったのである。

彼だけではなく、警視庁の失踪人調査によると、蒸発した人間が見つかった場合、彼らの大半は蒸発する前と同じ職業につき、同じような環境を作り、セールスマンはセールスマンに、アパート二階の角部屋生活者は、アパート二階の角部屋生活者におさまっているのだそうだ。こうした、変身失敗者は、ただ想像力がとぼしかっただけなのだろうか、それとも「ここから去ること——それがわたしの目標だ」という一念からのみ消えて行ったのだろうか？

人間は血のつまった袋

フランツ・カフカは、四十一年間の長くない生涯を通して、「ここから去ること」を計画しては徒労に終る——というくりかえしを書きつづけてきた。彼は、いつも異邦人であり、「ぼくは、ぼくの家庭のなかで、他人よりもなおいっそう他人のように暮している」（『父への手紙』）のだが、それは家庭だけではなく、世界状態においても同様なのだった。

カフカにとって「存在」は、「在ること」ではなく「属すこと」なのだが——しかしカフカの文学は使役動詞をはさみこむことによって、「属すること」を「属させられること」に変える性格を持っているのである。

そのことは、カフカの生い立ちと決して無縁ではない。カフカは一八八三年にプラハのユダヤ人街の片隅《かたすみ》で生れている。父はチェコ・ユダヤ系の雑貨商だが、二人の弟は夭折《ようせつ》し、三人の妹はナチのユダヤ人収容所で殺された。

カフカは少年時代に友人や親類が「ある日、突然に逮捕されて、連れて行かれる」のをまのあたりに目撃し、もはや「人間は血のつまったただの袋にすぎない」という実感をいだかないわけにはいかないのだった。カフカの疎外感を政治化してとらえようとすれば、ユダヤ人としてキリスト教世界のヨーロッパからはみだし、同時にウエスタン・ユダヤであるという理由から東方ユダヤの民族主義からもはみだし、また労働災害保険局の吏員《りいん》として市民階級から区別されながら、プチ・ブル商店主の息子として労働者階級からもはみだしていた。こうした「はみだし」は、世界の律法を守り、世界から所属を許されている者たちから見れば罪人である——という認識を、カフカはいつも自覚していたのである。

だが、ひとは誰でも自分の作り出した世界状態の中で生きるのだから、カフカのこうした異邦人として所属関係も、カフカ自身が作りだしたものだ、と考えることができる。

そのことを、たとえばカフカの『変身』という短篇を読みながら私は考える。『変身』

は、次のように書きはじめられている。

「ある朝、グレーゴル・ザムザがなにか気がかりな夢から目をさますと、自分が寝床の中で一匹の巨大な虫に変っているのを発見した」

グレーゴル・ザムザは平凡なセールスマンで、その怠惰な日常生活にあきあきしている。「家族のためでなかったら、こんなことはもう一切おしまいにしたい」という考えは、現代人のサラリーマンたちにも共通したものだ。だが、巨大な虫に変身して社会から閉め出されたとたんに、グレーゴル・ザムザは苦しみはじめ、林檎《りんご》を投げつけられ、死んでしまうのである。そこで、私はグレーゴル・ザムザが「巨大な虫に、自らの意志で変身した」のか、あるいは「何者かによって、巨大な虫に変身させられたのか」について考える。

カフカの文体は、そのいずれでもなく「巨大な虫に変身するより仕方がなかったのだ」と書いているように見えるが、いずれにせよ、この事件はグレーゴル・ザムザ（あるいはフランツ・カフカ）が自分の手で作り出したものであることに変りはない。

ある日、突然何者かによって逮捕される『審判』の主人公のヨゼフ・K、すぐ目の前に見えている『城』に歩いても歩いても到達できない『城』の主人公Kに共通していることは、悪夢と現実との境界線の消失ということだ。

われわれは、もはや「袋小路」から脱け出すことはできない――と、カフカと同じ頭文字のKはつぶやく。そして、彼は「石化」し、友人を作ることもせず、四十一歳で結核で死ぬまで、孤独にとじこもる。

もちろん、こうした世界状態は、彼の空想的現実による日常の腐蝕《ふしょく》であり、政治化によって解明されるようなたやすい謎《なぞ》ではない。

袋小路を偽証する

ある日、自分の乗っている列車が転覆し、多くの死者が出る。その中の、原形をとどめないまでに轢殺《れきさつ》されてしまった一つの死体に身分証明書を押しつけ、自分の身代り死体にして、「自由の身になる」一人の黒人労働者。

これは、黒人作家リチャード・ライトの『失楽の孤独』の主人公の変身である。

私は、この主人公が「自分自身でなくなったときから人生が始まった」経緯と、カフカの主人公が「自分自身が虫にすぎないと悟ってから人生を中断してしまった」経緯とに、一枚の銅貨の裏と表を見る想いがする。

黒人作家は、袋小路から抜け出せばいいのだと言い、ユダヤ人作家は、袋小路からは抜け出せない、と言っているのだが、ともに「袋小路」が自分の前に立ちはだかっていることには疑いをもたなかった。しかし、私はこの「袋小路」の実体が、いったい何であるのかについてときどき思い惑ってしまうのである。人は、カフカを、「時代の証人」であると言い、また「目撃者」である、と言う。だが、カフカが私たちに、壁だ！　袋小路だ！

と言っているものを、人は私たちの外で政治大通りに見出し、べつの人は、胃の城壁や想像力の密室のひらかない扉《とびら》に見出す。人間が「血のつまったただの袋にすぎない」と言っているのは、カフカ自身であり、この現代を「流刑地」化しているのは、カフカの想像力にほかならない。

想像力は権力を奪うだけではなく、ときには権力を生み出す。一本の木と私たちとの敵対関係を演出するカフカの呪術《じゅじゅつ》は、ときには「偽証」の罪を問われなければならないのに、マックス・ブロート以後、カフカの袋小路の実体を見きわめようとしたものは、誰もいないのだった。

夢の謎は　夢が解く

ある夜、私はいつものように一人で安アパートで、うつぶせのまま眠っている。枕許には読みかけの二、三の競馬雑誌とピースの空罐《あきかん》が散らばっており、隣室できいているらしい深夜放送の音楽がとぎれとぎれに、眠りのなかに沁《し》みこんでくる。むし暑さと、寝苦しさの中で、ふと部屋の壁が狭《せば》まってくるのが感じられる。私は、この壁と壁とのあいだに挟《はさ》みつぶされないために必死で両手を突っぱって、壁がそれ以上せばまらないように防がなければならない。だが、壁には恐ろしい力があり、半分眠っている私の力では、壁の力を止めることなどできないのだ。脂汗がにじむ。――悪夢だ！　なんという悪夢だ！　と思いながら、目ざめる。まだ、夜半二時である。隣の部屋では来客があるらしく、笑い声がしている。私は、喉《のど》がかわいて、水を飲むために台所へ行こうとして、ふいに私の部屋にドアがなくなっていることに気づく。しかも、さっきまでのが夢だったからには、こんどは夢ではなくて、現実だ。私は、失くなったドアをどのようにして探し出したらいいのか途方にくれて青ざめる。

——こうした二重夢を、よく見る。そして、私は夢の恐怖を、現実で解明するのではなく、夢の中で解決する方法はないか、と考える。

同じように、現実の恐怖をもまた、夢の中への逃亡ではなしに、現実の中で超克《ちょうこく》しようとするとき、恐怖とはいったい何であるのかを見きわめなければならないだろう。夢と現実の境界線、可視と不可視の境界線が、しだいに消失し、チェホフは、「夢だと思ったことが現実で、現実だと思っていたことが実は夢だった」——と冗談を言ったが、いまやこの冗談は真実になってしまった。カフカの読者は、小説の謎を日常にもちこみ、日常の謎を小説でとく。そして、この関係はいまでは当然のことのように思われているが、私は虚構と現実との輪郭が、あいまいになればなるほど、同一化してしまうことの怖《おそ》ろしさを予兆するのである。たぶん、私たちの人生そのものにしたところで虚構にほかならないのだが、それでも現実と虚構とを、ぎりぎりのところで峻別《しゅんべつ》する口実を見出して、夢の病で目ざめながら臥床《がしょう》に伏しつづけることがないようにし、夢と現実とのあいだは「旅行」できるくらいの距離にへだてておきたいというのが、私の考えである。なぜなら、すべての夢が現実化し、存在と同格に扱われるようになったら、私には夜、寝てからの、あのだらしのない愉《たの》しみがなくなってしまうからである。

「しかし、それでも見込みがあると期待しているのです。そうでなければ、どうして生きていくことができるでしょうか」（『城』）

マルクス

マルクス　Karl Marx（1818—83）ドイツの経済学者・哲学者。ライン州トリエルにユダヤ人弁護士の子として生れた。1849年以後ロンドンに居住。はじめヘーゲル左派に属したが，45年『ドイツ・イデオロギー』を執筆して，ヘーゲルの観念論と訣別し，唯物史観を確立。空想的社会主義および古典経済学を排して，科学的社会主義を標榜，資本主義体制を痛撃した。共産主義者同盟に参加して革命運動の実践に入るとともに，48年エンゲルスの協力を得て『共産党宣言』を発表，階級闘争の理論を体系づけ，国際的社会主義運動のために尽した。主著『資本論』。

1

私がはじめてマルクスの名を知ったのは、ハリウッドの喜劇映画によってであった。マルクスは三人兄弟で、いつも陽気にドタバタをくりかえしていた。

だから、特高警察の刑事だった父が「マルクス」という名をきくたび、アレルギー症状を起し、怒り出すのがなぜなのか理解できなかったのである。

2

映画の中で、グルーチョ・マルクスは、スミのヒゲをかき、中古の礼服を着て資本家の未亡人をだます。大金をまきあげ、あわやというところでシッポを出す。『いんちき商会』にも『けだもの組合』にも、同じような場面が二度あらわれるのだが、観客はそのたびに爆笑する。はじめのうち、私は生真面目な父が、アメリカぎらいのせいで、ハリウッドの映画俳優のマルクス兄弟を毛ぎらいしているのだ、としか思っていなかった。

3

しかし、後年になって、父のにくんだ「マルクス」と、私の出会ったマルクスとは、まったく別人であることがわかったのである。

「歴史上の大事件や大人物というものは、いつでも二度現われるものだ、と考えて差し支えない。ただ、それは一度目は悲劇として現われるが、二度目は茶番として現われる」

（カール・マルクス『ブリュメール十八日』）

4

もう一人のマルクスと出会ったのは、私が十八歳から二十一歳までの長い病院生活の時であった。彼は、数冊の書物にすぎず、茶番でも、喜劇でもなかった。だがほとんど全快の見通しのなかった私にとって、彼の死に関する著述は興味深いものであった。

彼は当時の私と、ほとんど同年代の時に書いた『デモクリトスとエピクロスの自然哲学の差異』と題される論文の付録のなかで、エピクロスの「すべての感覚は真なるものの伝令」であるという考え方に疑いをさしはさんでいる。エピクロスによると、死はあくまでも生きている人間にとって存在せず、死んだ人間にとって知覚されないから、妄想《もうそう》にすぎない。他人の死の場合には、知覚する人間の手がおよばなくなることが問題であり、もし他人がそこに存在していなくなってしまっても、それは死と同じ意味をもつ。つまり、愛するものにとって、永久にはなれた相手は存在していても死亡していても同じだ、というのだが、マルクスは、たとえ永久に会わなくとも「どこか感覚できる空間の中に、たとえふしあわせであっても存在していることだけを知っておきたい、と思うものであり、それは個人が自己自身経験的生存の意識を有しようと欲することに外ならない」というのである。これを読んだ私は、もし私が死んでもそのことは誰にも知らせずにおくべきだ、と思ったものだった。そうすれば、私は友人たちの自己愛の対象的な疎外をうけとめるだけのものとしても、ともかくも友人たちの中に「長生きできるのだ」と思ったのだった。

5

やがて、私は書物の中のマルクスの他に「マルクス主義者」の一団が存在することを知るようになり、その経済学的、哲学的、法律的、国家論的な影響力が、この時代にきわめて大きな翳《かげ》を落していることを知ったのである。

子が父に訊《き》いている。

――お父さん、マルクス的なものの見方というのを一言でいえば、どういうことになりますか?

――そうだね。一つの例をあげてみよう。きみは、キリストを知ってるかね。

――はい、お父さん。

――キリストはどんな人だね?

――迷える人たちを、神のみおしえによってみちびいた人です。

——だが、マルクスによると、キリストは「富める金持たちによって殺された大工のせがれだった」ということにしかならないのだ。

——きっと、マルクスはキリストをきらいだったのですね？

——いや、マルクスはこう言っている。「いっさいのことがらをぬきにして、キリストが子供を愛することを教えたという一事だけでも、彼のたくさんのことを許してもよい」とね。

マルクスの三人の娘のうち、エレアール・マルクスは『マルクス家の日誌』を書いており、そこに描かれるマルクス像は「楽天的で、愛想よく、人好きのする、ユーモリストで、人なつこい男だった」ということになっている。

6

「気むずかしく、おこりっぽく、がんこで親しみにくい人、絶えずどなり散らし、いかつく、たった一人でオリンプスの王座にすわっている」マルクスのイメージは、多くのマルクス主義者たち、とりわけそのロシア的展開だけをもってマルクス思想の実現をみとめようとするマルクス教信者たちの作り出した虚像にすぎないだろう。少なくとも、そこでは「二度目にあらわれた茶番劇」の主人公としてのマルクスだけを偶像化しようとしている無知な思想状況を見ないわけにはいかない。「共産主義は、何よりもまず、このような

〝偽の兄弟〟から分れねばならないのです」(一八五九年二月一日　ヴァイデマイヤーあて書簡)

7

スポーツ新聞の片隅《かたすみ》で、ジャイアンツの長島がインタビューに、「共産主義の世の中になったら、プロ野球ができなくなってしまうからね」と答えているのを読んだことがある。

私は、胸毛の打撃王が、どのようにして共産主義を学習したのか知らぬが、たぶん、長島は、共産主義をロシア的、あるいは中国的に展開した政治的現実の上に照射して、中ソにプロ野球がないからそう思ったのだろうと推察したが、そうしたソマツな共産主義批判の危険性は、ときには機動隊や過激派学生の危険性を、はるかに上まわるものであることを知る必要がある。

8

「マルクスは個人の重要さを無視し、また人間の精神的要求に対して尊敬も理解ももっていなかったし、また彼の〝理想〟はよく食べて、良い着物を着ているが、〝魂のない〟人間であったという、広く流布されている仮定がある。

マルクスの宗教批判はいっさいの精神的価値の否認と同一であると考えられたし、またこのことは、神への信仰が精神的指導の条件をなすと考える人びとにとってはますますもって明らかであるように見えた。こういうマルクスについての見解は、さらにすすんで、彼の社会主義的楽園が全能をもつ国家的官僚制に服従し、自己の自由を放棄してしまった多数の人びとの楽園だとして論議するようになる。だが、こういう一般化されたマルクスの〝唯物論〟についての説明——彼の反精神的傾向、彼の画一性と従属にたいする願望——といったものが、まったく誤っているのだ。マルクスの目的は人間を精神的に解放し、人間を経済的決定の鎖から解き放ち、人間を人間的全体性のうちに回復させ、彼の仲間の人間や自然と結合し、調和するようにさせることであった」（エーリッヒ・フロム『マルクスの人間観』）

9

ことわっておくが、私はマルクス主義者ではない。まして、そのでたらめな亜流でありながら革命党を詐称しようとする日本共産党など、くさったイワシ以下だとかねがね思っている。だいたい、「……主義者」と名のつく人を好きになることはむずかしい。その意味では、むしろ「私はマルクス主義者ではない」と言ったカール・マルクスの方が、はるかに身近に感じられるのだ。

10

マルクスは一八一八年にラインのトリエルで生れた。十九歳で詩を書き、貴族の子弟らの〈コール・ボルュシア〉グループとしばしば対立、そのメンバーの一人と決闘して、左の眼の上に傷をうけた。二十五歳で『ライン新聞』を創刊したが、翌年一月、ツァーならびにロシア大使の干渉で発禁。二十七歳で『経済学・哲学ノート』執筆。翌年『ドイツ・イデオロギー』執筆。

吉本隆明の作った年譜によると、この年「バクーニンは警察のためにドイツから、またスイスからという具合に次々と追出された挙句、一八四四年の七月、見さかいのない情熱と伝道的熱意に満ち、〃ヘーゲルと革命〃の旗幟《きし》を翻《ひるがえ》しながら、パリーに到着した」ということになっている。一八四七年、それまで秘密結社として存在していた「共産主義者同盟」ができ、パリ代表がエンゲルス、ブリュッセル代表がマルクスであった。以後、マルクス＝エンゲルスの思想と実践とのあいだの葛藤《かっとう》が始まる。

11

マルクスが労働者たちの思想的自覚をうながし、文筆活動に主をおいたのに対し、知識人、理論家を信用するな、労働者自身の手で立ちあがれとするヴァイトリングらは対立した。バクーニンは、そのころのマルクスについて、「マルクスは、労働者を小理屈屋にして、台なしにしている。あいもかわらぬ理論的狂気と満たされざる自己満足だ」と書いている。

少なくとも、マルクスとエンゲルスは、孤立を強《し》いられることがしばしばであった。

12

「われわれふたり、きみとぼくがいま公式に孤立していることは、ぼくにはじつに愉快だ。これはまったくわれわれの地位とわれわれの主義とにふさわしい。相互の譲歩とか、体裁上がまんするどっちつかずの状態とかの体制、また公衆の面前で、党内のばかばかしいことにも、こういうすべての頓馬《とんま》どもの片棒をかつがねばならないなどという義務、こんなことはいまや終ってしまった」(マルクス)

「われわれは、いまやとうとうまたながい月日のあとではじめて――人気もいらない、どこかの国のどの党も支持もいらない、われわれの立場はそんな瑣事《さじ》にはまったくわずらわされない、ということをしめす機会がきた。われわれは、ずっとむかしから、党などというものは全然なかったのに、そしてわれわれが党員にかぞえていた連中が、すくなくとも公式にはわれわれの大業の初歩すらも理解していなかったのに、野次馬連が党であるかのようによそおってこなかったであろうか」(エンゲルス)

吉本隆明は一八五〇年の、マルクス＝エンゲルスの亡命家集団からの孤立について、この二つの文章をひきあいに出して、「いつの時代でも思想とその実践のあいだには、これくらいの違いがある。思想は現実的であればあるほど、こういうことになる。初歩的なことで、なにも理解できなくても、おこなうことはできる」(『マルクス伝』)と言っている。しかし、本質をはらまない現象がばかげているのと同様に、現象からきりはなされた本質もまたむなしい。「現実的」であることに、ペシミスティックになりすぎては、何一つ変えることができなくなってしまうのである。

13

私がマルクスにいだく、もっとも「現実的」な矛盾は、彼の家庭生活である。マルクスとイエニーのロマンスと、結婚、そして心あたたまる家庭の幸福は、詩と音楽にいろどられて、さながらロシアの貴族の物語のようである。エンゲルスは、来たるべき社会の性的秩序について、「その生涯を通じて、貨幣やその他の社会的権勢の手段で女性の肉体提供を買いとる状況に一度も遭遇したことのない男性たちと、真の愛情以外のなんらかの配慮から男性に身をまかせたり、経済的な結果を恐れて恋人に身をまかせるのを拒んだりする状況に一度も遭遇したことのない女性たちとの世代」(『家族・私有財産・国家の起源』)が、新しい実践の形式と世論を作りだすだろう、と予告している。

しかし、いま私たちはエンゲルスの予告した世代と交代しないうちに、すでに性的な秩序、単婚制の崩壊の兆《きざ》しを予感しはじめているのだ。すなわち、マルクス＝エンゲルスには、性的オルガスムスと人間的な自由との関係に関する考察が抜け落ちていたが、性関係が経済的背景や結婚制度のあり方をまったく省いても、男女（あるいは同性）の出会いを想像力によって組織してゆく力を内包していることを、無視することはできない。

14

「私の可愛いイノシシさま。あなたが満足していらっしゃること、あなたが私をなつかしがっていらっしゃること、あなたがつづれ織りの壁掛で飾った部屋に住んでらっしゃること、あなたがケルンでシャンパンをお飲みになったこと。（中略）ああ！　いとしい方、あなたは今では政治に掛り合っていらっしゃるのね。それは大怪我のもとなのですよ」──（一八四一年、婚約者イエニーからのラブレター）私は、財産の私有をはげしく弾劾しながら、愛情の私有だけは甘受しつづけたこの巨人の一生が、「現実的」でなかったから偉大だったというのでは、どうにも承服しかねるのです。

紫式部

紫式部（978頃—1014頃）平安中期の女流文学者。本名は不明。藤原為時の女《むすめ》。代々文人の家に生れた。女房名は藤式部，のち紫式部。藤原宣孝に嫁し賢子を生んだが，間もなく死別。のち上東門院（道長の女《むすめ》，一条天皇の中宮彰子）に仕え道長らに重んじられたが，その後の消息は明らかでない。中古三十六歌仙の一。『源氏物語』54帖のほか『紫式部日記』，家集『紫式部集』などを残した。

末摘花《すえつむはな》

彼女は、丸の内のある商社のタイピストである。鼻が赤くてみにくいために婚期をにがし、オールド・ミスになってしまった。愛読誌は『週刊女性自身』

ひどくやせて、ごつごつしているために「ゴマメの歯ギシリ」というニックネームもある。ときどき、新聞社の人生相談の欄に「赤い鼻のなやみ」を投書したり、本屋の片隅《かたすみ》で、『人に好かれる法』を立ち読みしたりしているが、内気な性格がわざわいして、友人らしい友人もいない。趣味は寄付。ベトナムの平和のためから、ビアフラの飢餓の子供のためまで、大義名分さえたてば何にでも寄付する。

先月から男女交際「白バラ会」に入会し、知りあったばかりの源氏さんとの結婚を前提とした交際をのぞんでいる。愛唱歌は『小指の思い出』。トイレのなかで、ときどきひとりで唄う。「あなたが噛んだ小指がいたい、昨日の夜の小指がいたい」

同じ会社でタイピストをしている某女（特に名を秘す）の、末摘花さん評。「性格は、とてもいいんだけど、友だちがいないわね。それに食べ物の好ききらいがはげしくて、フクジンヅケばかり食べてるから、ちっともふとらないのよ。やせ給えること、いといとおしげにさらぼいて、肩のほどなどは痛げなるまで衣の上だに見ゆ、なのね。洟《はな》をかんだあと、いつもその洟紙をひらいてじっと自分の洟を見てるんだけど、ヤーな感じよ」

藤《ふじ》壺《つぼ》

今を時めく郵船会社社長夫人である。

夫は、ゴルフに熱中して滅多に帰宅しないために、いつも退屈している。友人にすすめられて熱帯魚を飼いはじめ、グッピーを十四からはじめて、四千二百匹までふやしたが、ある朝突然に気持がわるくなって、全部捨ててしまった。週刊誌のクイズ、とりわけクロスワードパズルの鍵を解くのが得意である。

テレビの朝の番組『理想の家庭、理想の夫婦』に出演した際に、アルバイト学生の源氏にお茶にさそわれ、そのままホテルへ行くことになった。その後、夫に内緒で密会することが度重なり、ついに源氏の子を生んだが、夫は自分の子だと疑いもしなかったので、そのまま入籍し、後年、夫の会社を継がせた。

その子の名は冷泉《れいぜい》だが、彼は実の父親ではない前社長の遺産を相続することに罪悪感を感じて、次第に人生に疑問を抱くようになる。アイバン・モリスは「神道や儒教の立場からすれば、冷泉は実父についての知識を与えられていなかったのであるから、何ら道徳的罪過となりようはずがなかったのだ」(『光源氏の世界』“The world of the Shining Prince”)と書いているが、もともと社長としての経営能力に欠ける冷泉は、成人する前に引退した。ところで、藤壺の場合、源氏との密会に性的なよろこびよりも、貞淑という価値を紊乱《びんらん》することの方によろこびを見出していたようで、それは儒教的な一夫一妻制の美徳へのささやかな抵抗とも言えるものであった。

藤壺は、映画女優の小暮実千代に似ているという人もいた。だが、その源氏との情事も彼らが利用していたホテルの女中に言わせると、「よくある社長夫人と学生のよろめきで、何一つめずらしいものじゃありませんよ。ただ、あの奥さんの感心することは、いつも帰るときにベッドのシーツをもとのようにならして、その上に香りのいい香水をまいていかれることでしょうね」

明石《あかし》

地方官吏の娘である。サイタマ訛《なま》りがひどいので、いくらニューモードを着ても、どことなくしっくりこない。「そうじゃない?」と言うところを「そうだない?」と言い、「いいじゃない」と言うところを「いいだない」と言うので、「だないちゃん」と仲間は呼んでいる。多汗症、がんばり屋で、なかなかの達筆である。ただ、金銭にこまかすぎるので、けちだと言う人もいる。

彼女の達筆ぶりについては、「手などのいとゆゑづきて、やむごとなき人苦しげなるを、かかればなめりと思《おぼ》す」というほどだそうだから想像していただきたい。短歌を作り、専門誌に投稿し、アマチュアの域を脱している。

男性問題については、きわめて淡白で、「手淫常習犯で気どっているがほんとは男好き」だ、などと言うものもいたが、妻子ある男とダンスパーティで知りあってそのままホテルへ行き、妊娠した。男——源氏はおろすようにと言ったが、明石は産むと主張してゆずらず、結局産んで、源氏にひきとらせた。源氏は、この子を会社社長の令嬢に預けて育てさせ、のちに社長の二号にさせて財産の分配にありつかせている。明石は、その後も結婚せずに一人暮しをつづけ、ときどきアパートの窓からのぞくと、ミシンを踏んで子供の夏服などを縫っていたというが、母子そろって歩いているところを、だれも見かけたものはいなかった。

葵《あおい》の上《うえ》

十六歳の時、親同士の政略的な要求によって、好きでもない男と結婚させられた。男は源氏と言い、まだ十二歳で、包茎で、性的にも家庭的にも結婚できるほど成長していなかった。「いと若うおはすれば、似げなくはづかしと思ひたり」と言うわけで、彼女は夫に渋谷整形外科に行って包茎手術をすることを要求し、じぶんも少女雑誌の月ぎめ購読を中止して、『主婦の友』を読みはじめた。だが、夫は一向に他の家庭の夫のように、朝起きて鏡に向って顔を剃ることもしなければ、トイレでくわえ煙草で新聞をよむこともしなかった。

彼女は、年下の夫に幻滅し、ことごとくつらくあたった。夫の方は、「トイレで尻を拭くのは、右手でするべきか、左手でするべきか」について十二歳で学位論文を書いたフランソワ・ラブレーの物語の主人公の天才少年のように、いつも非現実的な言動ばかりしていたので、この結婚は長つづきすることがなかった。

夫、源氏は家庭運がわるく、その後、年下の女三宮を嫁にもらったが、この子は十三歳で万引癖があり、わがままで、人形ばかり可愛がり、手紙を書くとうそ字だらけ、金を計算すると平気でケタをまちがえ、挙句の果てにグループサウンズの人気者柏木《かしわぎ》と性的関係をもって、夫源氏に知られ、週刊誌のゴシップに書きたてられると、北海道のトラピスト修道院に行って尼になると言って家を出たきり、消息不明になったのであった。

紫式部

こうして、紫式部の書いた『源氏物語』の中の女主人公たちを一人ずつ、現代にあてはめてゆくと、どの女性も現代人にその類型を見出すことのできるものばかりだということがよくわかる。病的に嫉妬《しっと》深い中年女六条御息所《みやすどころ》にしても、出来心で浮気し、そのことを後悔して源氏から遠ざかろうとする空蟬《うつせみ》にしても、成行きから「夫婦交換」を実験してしまった浮舟《うきふね》にしても、注意してみれば、アパートのあちこちに見出せるような女ばかりである。

「女は反抗心をもち、用心ぶかく、けちくさく、真実とか正確の観念をもたず、道徳性に欠け、卑しい功利欲があり、嘘《うそ》つきで、芝居が上手で、利己的で、すべてこういう批評の中に正しさもある」(『第二の性』)と、シモーヌ・ド・ボーヴォワールは書いている。

「ただ、こういうふうに非難される女の行状はけっしてホルモン作用できまるものでもなく、女の脳髄の仕切りの中で運命的にきまっているのでもない。

つまり、女の生きている状況、立場によってそういう凹形《くぼみ》ができている。このような見方の上に立って考えると、女の経済的、社会的、歴史的な条件づけの総体のうちにいわゆる『永遠に女性なるもの』をとらえることができると思うから」(『第二の性』)

だが、ひとは誰でも自分の作ったものの中でしか生きられないものであり、その限りにおいては女性たちは、この一千年もの歴史のなかで、まったく同じような類型の女を生み出す世界状態しか作り出し得なかったと言うことができるのではあるまいか。史家たちが、ペルシャのイスラム人の生活と比べたり、十六世紀ムガール皇帝アクバルの宮廷との酷似を主張する貴族文化華やかな「平安京」と、その最大の文学的産物である『源氏物語』の中の女性像と現代の女性像とをくらべてみるとき、「反抗心をもち、用心ぶかく、けちくさく、真実とか正確の観念をもたず、道徳性に欠け、卑しい功利欲があり、嘘つきで、芝居が上手で、「利己的」な面では、まるで変るところがなかった、という印象をうける。

紫式部は、予言者だったのだろうか？ それとも女たちに状況の凹形をかえるだけの力が足りなかったのだろうか？

光源氏はただの大根

もっとも、一千年の間に女性に何の変化もなかったと言えば、うそになる。平安時代、女たちは眉毛《まゆげ》を抜き、歯を黒くそめていた。

眉毛を抜いたり剃ったりするのは前漢朝の中国の習慣の輸入であり、歯を黒く染めるのは日本固有の習慣である。染料は、普通、鉄と五倍子《ふし》の粉を酢《す》または茶に浸して作られ、それが美しいとされていたのだ。もし、それをしない女がいた場合、

「からしや。眉はしも、かは虫だちためり。さて歯ぐきは、皮のむけたるにやあらむ」

（堤中納言物語『虫めづる姫君』）

と言って非難されたが、それは「まあ、あの眉毛ったら、目の上を毛虫が這《は》ってるみたいだわ」ということであり、「あの歯は、やわらかい皮を脱いで牙《きば》まるだしね」ということである。

現代の女性が、眉毛を剃らず、鉄漿《かね》で歯を染めないのは、「顔に毛虫を這わせ、牙の白

さをむき出して」、女性の弱さ、被支配と忍従から、猛々《たけだけ》しさをとりもどそうとしたあらわれなのかも知れない。

たしかに、平安時代の中国の三教（つまり三従は「娘として父に従い、嫁して夫に従い、寡婦として長男に従うこと」）について紫式部は、光源氏の口からたびたび言わせている。

だが、紫式部の生きた時代に、女性の経済的地位は決して低いものではなく、とりわけ受領階級の娘であった紫式部は、荘園領地内の不動産、或いは物権という相続財産を得ており、自分自身の住居を所有することも可能であり、経済的自立もまた可能であった。

（藤木邦彦『平安時代の貴族の生活』参照）

だから、紫式部が女性の立場から女の弱さを立証しようとしてこの長編を書いたなどという一部の国文学者の論議は、ばかげたものであった。彼女は、現代の多くの女性のように、自意識が強く、排他的で、しかも気どりやである。たとえば「いと艶《えん》に恥かしく、人に見えにくげに、そばそばしきさまして、物語好み、よしめき、歌がちに、人を人とも思はず、ねたげに、見おとさむものとなむ、みな人々いひ思ひつつにくしみを、見るには、あやしきまでおいらかに、こと人かとなむおぼゆる」という自己の描写（『紫式部日記』）を読むと、男ならば誰でも「いやな女だなあ」と思うことだろう。

同じ女流文学者の清少納言についても、

「清少納言こそ、したり顔にいみじう侍りける人。さばかりさかしだち、真字《まな》書きちらして侍るほども、よく見れば、まだいとたへぬことおほかり。かく、人にことならむと思ひこのめる人はかならず見劣りし、行くすゑうたてのみ侍れば」(『紫式部日記』)と、批判しているが、これは批評というよりは、むしろ感情的なやつあたりといった印象をまぬがれない。私は、わが国で最初の小説家が女であったということが不愉快だと言うのではないが、彼女の日記と『源氏物語』を通読して、なにか欠けているものを感じる。それは、たぶん、彼女が「人と人との葛藤」にばかり興味をもちすぎて、「人と事物との葛藤」「人と歴史または運命との葛藤」といったことに、まるで無頓着《むとんちゃく》だ、ということになるかも知れない。少年時代に、男ならばだれでも、「光源氏のようになりたい」とあこがれをもつが、大人になってふりかえってみて、誰が同じあこがれをくりかえすだろうか? 紫式部の書いた理想の男性は、政治的感覚を欠き、エイハブ船長のように生涯かけて追いつづける『白鯨』のような理想も持たず、十一歳で結婚に失敗、再婚した後妻は浮気してノイローゼになって尼寺へ行き、その後つきあったどの女も短歌をつくる女で(つまり同工異曲であるをまぬがれず)、その性的悦楽も、きわめて単純。エロチシズムへのあくなき探求どころか、性行為そのものを劇的に深化してゆくこともなく、マルキ・ド・サドのような快楽の思想行程もなく、貴族社会の矛盾に深い疑問を抱くこともなく、ほんの一ダースぐらいの女とのつきあいによって、自分をも変えることができず、女をもまた変えることができなかったのである。光源氏と大久保清――この無関係に見える二人の女性遍歴は、過ぎ去ってしまえば、どっちも虚構になってしまう。そして、いつでもあとにのこるのは「女の生きかた」である。

私の知っている女子大生の一人は、エンゲルスの書物を楯《たて》にとって「母権制から家父長制への移行が、女性の歴史的大敗北だ」と言い、一日も早く母親になって、権力を奪還しようとしてニンシンしてもいないのにセーターの腹の部分に座ぶとんを入れて歩いている。

だが御用心、御用心。歴史の「あやまちは二度とくりかえしませんから」

セルバンテス

セルバンテス　Miguel de Cervantes Saavedra（1547—1616）スペインの作家。外科医の子としてマドリード近郊に生れた。若いころイタリアへ行って軍人になり，レパントの海戦に参加して負傷，帰国の途中海賊の捕虜となってアルジェリアで5年の奴隷生活を送り，救いだされて帰国，のち徴税吏などもしたが入獄も数度をかぞえるなど，その波瀾の生涯は貧苦の連続であった。名作『ドン・キホーテ』ほか『模範小説集』，戯曲『幕間狂言』などを残して世を去ったが，ユーモアと諷刺で過渡期の世相を忠実に描いた偉大なリアリストとして，のちに高く評価された。

ああ、ゴミラ

詩人の関根弘と満員電車の中で一緒になったとき、彼は吊《つ》り皮にぶらさがって憂鬱《ゆううつ》そうに夢想にふけっていた。

「どうしたんです?」ときくと、

「いま、怪物のことを考えていたんだ」

と、真剣な顔で答えた。

「怪獣の名はゴミラと言うんだ。ゴジラと似ているが全然ちがう」

関根弘の夢想のなかで、東京湾のゴミのたまり場である夢の島のゴミがかたまって、巨大な怪獣ゴミラとなって立上り、こっちに向って歩き出してくるというのである。

しかも、このゴミラの破壊力には、機動隊なんかでは歯が立たない。何しろ、ゴミラは丸ビルの数倍もあって、しかも歩きながら都内のゴミを吸収して大きくなってくるので、手も足も出ない、というのである。

「ゴミラには、目も心臓もないからね。死ぬってことがないんだよ」

関根弘は、ほとんど溜息《ためいき》まじりに言った。怪獣ゴミラの前には、百の公害論争も吹っとんでしまうだろう。しかも、ゴミラは東京都の文明と発展を喰《く》って成長するんだから、将来性もたっぷりあるんだよ。

話をききながら、私は関根弘を見ていた。この戦後派の抵抗詩人の苛立《いらだ》ちは、どことなく「正義派」の非力さと、かなしさのようなものがあった。

これは、誰かに似てるな、と思った。

そうだ、ドン・キホーテに似ているのだ。私は、中世の甲冑《かっちゅう》に身をかためた関根弘が、鉛筆のかたちをした長い槍《やり》をもって、夢の島の怪獣ゴミラに向ってゆく勇ましい姿を、一瞬思いうかべた。だが、甲冑はいかにも重そうだし、関根弘はもうそんなに若くはなかった。

私は言った。「関根さん、降りてラーメンでも食べに行きましょうか？」

「きみに知ってもらいたいことは、すべてわれわれの狂気は、胃袋がからっぽで、脳も空気だらけということに由来するんだと、おれは体験者としてそう思っているってことだ。元気を出すんだ！　え、元気を！　逆境にあって気落ちしたら、健康を害し、死んでしまうことになるんだから」（セルバンテス『才智あふるる郷士ドン・キホーテ・デ・ラ・マンチャ』後篇）

読書からロバの背中へ

スペインの片田舎ラ・マンチャに、ケサダという郷士が一人住んでいた。彼は枯れ木のように痩《や》せて、背が高く、一見いかめしそうに見えたが、実際はお人好しの地主にすぎなかった。朝は早起きで、もう五十にもなるというのに狩猟にも畑仕事の指図にも興味をしめさず、暇さえあれば（もっとも一年中暇であったが）、むさぼるごとく読書にふけるのだった。

読書は、すべて「騎士道物語」で、それを買うためには幾アネーガという畑地を売り払っても何とも思わず、家中本で一杯というありさまであった。そのうちに、彼はいつのまにか書物の中の現実と、書物の外の現実との区別がつかなくなり、もうとっくにこの世から姿を消してしまった大げさな恋の口説や決闘、そして誇りのために命をも平気で投げ出す「騎士」になったような気がしはじめたのである。

「わがことわりに報い給う、ことわりなきことわりにわがことわりの力も絶えて、君が美しさをなげきかこつもまたことわりなり」などと美辞を吐く、モモヒキをはいたスペインの農協の汗くさい中年男ケサダ（ケハナという説もある、とセルバンテス自身が彼の本名をあいまいにしている）。このケサダ（ケハナ）が、数々の妖術《ようじゅつ》、争闘、合戦、手負い、求愛といった騎士の波乱万丈の生活にあこがれ、ただ一太刀の切り返しで、獰猛《どうもう》醜怪な巨人を二人まで真二つに切り倒した「燃ゆる剣の騎士」になりかわったと錯覚して、真夜中に剣を抜いて暴れだすと、家の中は大騒ぎになるのだった。

ケサダの頭の中には怪獣が浮んでいるのかも知れないが、実際には誰もいない部屋の中で、本に切りつけ、テーブルと四つに組んでいるさまは、とんできた女中たちの目からすれば「気が狂った」としか見えなかった。

だから、使用人たちは、「とうとう旦那さまは気がちがってしまったなあ。本の読みすぎは、おそろしいもんだなあ」と噂をしたのである。

この、ケサダおやじが、決心して書物を捨てて、騎士として生きるために旅立つところから「ドン・キホーテ」の有名な武者修行がはじまるのだが、セルバンテスはこう書いている。

「彼が毀《こぼ》とうと思う不条理、正すべき不正、改むべき非理、除くべき障害、果さねばならぬ負債が山積しているのであってみれば、己が躊躇《ちゅうちょ》によって世の中に損失をこうむらせているのだという考えにせき立てられて、彼はもはやこれ以上己が計画を実行にうつすことを待とうとは考えなかった。そこで自分のもくろみを誰にも打ちあけず、何人にも見られないで、ある朝、まだ夜の明けないうちに、それは七月の暑いさなかの一日であったが、一切の武装に身をかため、ロシナンテに打ちまたがり、できそこないの兜《かぶと》をいただき、手《て》楯《だて》をとり槍《やり》をかいこんで……こよなき満足に得々として、裏庭の小くぐりから野原へと出て行った」(『才智あふるる郷士ドン・キホーテ・デ・ラ・マンチャ』)

風車は進歩的文化人

ケサダが、自らを騎士ドン・キホーテと命名し、百姓のサンチョを従者として、風車と戦う有名なエピソードは、いったい何を物語っているのだろうか？

「さあ、突撃だ」

と、ドン・キホーテが言うと、サンチョはびっくりして、

「冗談じゃない。あれは、粉をひく風車ですよ」

と言う。だが、ドン・キホーテは、

「莫迦《ばか》言うな。おまえは、あの恐ろしい腕が見えんのか？　あれは、立ちあがっている巨人なんじゃ」

と言って、槍をかまえて突進してゆく。風が出て来て、風車はまわり出し、突き出したドン・キホーテの槍は折れ、ドン・キホーテの体はロシナンテもろとも、風車のはねにひっかけられて空中に舞いあげられ、地面に投げ出されて、足をくじいてしまうのである。

ここで、しぶとい風車は何の喩《たと》えであるのか？

それは、たとえば進歩的文化人を連想させることができる。

「まわっているが前進しない」からである。ふつう、私たちは輪が回転するとき、その分だけ距離を獲得し、前進すると思っているのだが、風車はまわってもまわっても前進せず、

他からの攻撃に対してはかたくなに身を守ろうとする。

風車には、自転はあるが公転はない。だが、それではドン・キホーテは風車の中に、正すべき不正、改むべき非理、果させねばならぬ負債のいずれを見出したのだろうか？

デュアメルは「ドン・キホーテは自分の狂気をはっきり知っていた」（『文学の宿命』）と書いている。「彼は自分の錯乱を、面白気に傍観している。驚くべき病勢弛緩《しかん》期がしばしば彼にあるのだが、その間には、彼が自己批判もするし、その期間には自分の狂乱に打ち興じもしているのである」

とすると、ドン・キホーテの場合、あきらかに狂気を方法化しようとした全共闘の学生たちと同じ分母をもっているように思われる。敵は、たかだか風車にすぎないのだが、その風車に権力という名を与え、暗喩《あんゆ》の中で、回転の不条理を暴き出し、その突撃を思想化してゆくほかに、革命への献身などありはしないのである。イデオローグは、いつでも「たかが風車との闘い」の味気なさを内包している。権力との激突も、現象的には二メートルの角材を一メートルほど上から下へふりおろすという程度の行為として考えた場合には、ドン・キホーテの突撃とかわらないだろう。

現実原則だけで生きられなくなったら、ひとは誰でも空想を持つことになる。空想的現実にも、それなりの原則はあるからである。

ドン・キホーテは、しみじみと、

「わしの見るところでは、諺《ことわざ》に本当でないものはないようだな、サンチョ。というのも、いずれもあらゆる学問の母とも言うべき、経験から出た格言だからであるが、なかでも、〝一方の戸がしまれば片方の戸が開く〟というものなどは」と述懐している。

ドン・キホーテの犯罪

ドン・キホーテを書いたセルバンテスの一生は、決して劇的なものではない。一五四七年にスペインのアルカラ・デ・エナーレスで生れた、となっているが詳しい月日は不詳である。

二十三歳でスペイン歩兵隊に入り、ディエーゴ・デ・ウルビーナ大尉の中隊に所属した。セルバンテスの家はもともと貧しく、父のロドリーゴは、聾者で「もぐりの医者」だった。そのため「堅実な職業」として兵隊になったわけだが、二十四歳でレパントの海戦に参加し、左腕をやられて障害者になった。彼のことを「レパントの片腕野郎」と渾名《あだな》で呼んだが、セルバンテス自身は、

「右手の名誉を掲げるためには、不用な左手など惜しくない」と、この負傷を誇らしく語った。

だから、セルバンテスの文学は、すべて「右の片手」だけで書かれたものである。三十六歳の時、女優アナ・フランカ・デ・ローハスと交渉を持ち、イサベル・デ・サベードラ

を生ませた。女は、他の男と結婚した、という事実も残っている。セルバンテスの履歴の特色の一つは、たび重なる入獄であるが、その理由はまちまちである。たとえば一六〇二年、五十五歳。セビーリヤで入獄。理由は不明。貧窮の生活をしていた。

この獄中で『ドン・キホーテ』の構想を得た、となっている。五十五歳で、税務署の徴収吏をしていた片腕の男セルバンテスが、徴収金の辻《つじ》つまがあわずに入獄をたびたびし、その中で「ドン・キホーテ」になって生れかわるというのは、現実原則と空想現実との関係として考えると心に沁《し》みるものがある。たぶん、セルバンテスは獄中にいても、ケサダのように誇り高い男だったのだろう。だが、外見はみすぼらしい片腕の中年男で、誰にも相手にされず、

「なあに、今の自分の生活は世をしのぶ仮の姿さ」と自分に言いきかせながら、騎士となった自分に夢を托《たく》す。

しかし、夢の中でもセルバンテスは裏切られつづけるのである。ひとびとは、ドン・キホーテとハムレットを二つの典型として扱うが、二人とも「狂気を演じながら世を渡るしかない」という点では、十円銅貨の裏と表ほどにぴったりと同じものであることがわかる。

そして、このドン・キホーテを生み出したセルバンテスには、抜きさしならないほどの政治不信が根をおろしているのである。セルバンテスの『ダガンソの村長選挙』という一

幕劇では、村の改革のための選挙が戯画化されて扱われている。

それに立候補してくる四人の男の一人は「聞き酒の天才」である。アラニースであれ、カサーリャであれ、ちゃんと味のわかる男だから政治の方も大いにやれるだろう、と期待されている。もう一人は「パチンコの達人」で、右手で射ったら村中の鳥がいなくなるだろうというほどの人物。他の一人は、仕立屋みたいに靴をうまく直すし、最後の一人は記憶力抜群で、いまじゃ誰もおぼえ切れない古い有名な〈アルパの犬〉に関する歌を全部憶《おぼ》えているという。

どの人物もそれぞれの天才だが、いささかばかげているのは村の選挙と、聞き酒やパチンコとのあいだには、いささかの錯誤、ずれがあるからである。

セルバンテスは、時と所が人間を悲劇的にみせたり、喜劇的にみせたりするのだ、ということに不条理の因を見出していたように思われる。

もし、ドン・キホーテの生れるのが一〇〇年早ければ、彼は英雄であって「もの笑いの種」ではなかっただろう。そのかわり、ドン・キホーテは現実の中で騎士になり、夢の中で生きることをあきらめねばならなくなった筈だ。

ドン・キホーテの滑稽《こっけい》さを、「時と所」の読みちがえ、歴史感覚の欠落だったと言ってしまえば事は簡単だが、しかし、しばしば「時と所」の読みちがえが大きな過誤をのこすことに注目しないわけにはいかない。

古いニューヨーク・タイムス紙を見ていたら、戦場で一〇〇人も敵を殺した「ベトナムの英雄」が退役して、南部の農場へ帰郷して行った。

だが、戦場の英雄も農場ではだれにも相手にされず、平和で退屈な毎日の生活にゆきづまってしまった。

彼は真夜中にふいにとび起きて、機関銃をもち出し、夢のつづきをそのまま近くの民家へ片っぱしから機関銃を乱射した。隣人たちはバタバタと斃《たお》れ、警察は彼をひっとらえて手錠をかけた。

「狂人め！」とツバをかけられ蹴《け》られた英雄は、しょんぼりして、

「海の向うじゃ同じことをしたら、みんながホメてくれたのに」と、つぶやいていた——というのである。

夢を見すぎると、その夢に復讐《ふくしゅう》される。かと言って夢も見ずに生きるのじゃ味気なさすぎる。

現代では、ドン・キホーテは住民登録も持てなくなってしまったようである。ああ、ラ・マンチャの勇者よ、今いずこ？

トロツキー

トロツキー　Leon Trotsky（1877－1940）本名 Lev Davidovich Bronshtein。ロシアの革命家。ユダヤ人小地主の家に生れた。革命運動に入って，1898 年シベリアに流刑され，1902 年，イギリスに亡命。1905 年の革命に参加，再び流刑・脱走，ウィーンで「プラウダ」を発行。17 年，三月革命ののち帰国，ボリシェビキに入党。ソビエト政府成立後，外務・陸海軍人民委員を歴任，分派活動を行って罷免。レーニンの死後，世界革命論を提唱して，スターリンの一国社会主義論に敗れ，27 年党を除名され，国外に亡命して，メキシコで暗殺された。著書に『わが生涯』『ロシア革命史』『文学と革命』などがある。

亡命以前

私は、母を殺す夢を見る。凶器には、何がいいだろうか？　草刈り鎌《がま》、出刃包丁、空気銃、腰巻の紐《ひも》、斧《おの》。鴉《からす》の啼《な》く声がきこえる。

どこまでも冬田がつづき、家の影もない、こんなさびしい土地にいつまでもしばりつけられていなければならないのだろう。汽車の汽笛が谺《こだま》するたびに、村から一人去り、二人出奔して、農業嫌いの次男三男たちが減って行った。

みんなどこへ行くのか？　と訊《き》くと、答えは決って「どこか遠くへ」と言うのだが、地図には「どこか遠く」という地名は載っていなかった。

だから、逃亡のユートピアさがしの終点は、東京である。東京へ行きたい、と言うと母は、いやだと言った。私たち母一人子一人だったので、母が土地を離れたくないと言えば、それは私にとっても東京へ行ってはならない、ということを意味していた。しかし、私は農業を継ぐのがいやだったし、一所に定住することなど、できそうにもないのだった。

「子守りと散歩しているときに、私はマムシにぶつかった。草の中に何か光っている物を指さして、子守りが言った。

『ほらリョーヴァ、煙草いれが埋まってるわよ』

子守りは棒をとってほじくり出そうとした。彼女も十六そこそこだったにちがいない。煙草いれは輪をほどいて長くのび、蛇になった。そしてシューシュー音をたてながら、草の上をはって突進してきた。アレエーッ！　子守りは悲鳴をあげ、私の手をとって逃げ出した。あとについてゆくのが大変だった」（レオン・トロツキー『わが生涯』）

　実際、生れた土地に宝など埋まっているわけはないのだ。煙草入れだと思ったら蛇だった——というような目にあうことは、めずらしいことではなかった。私の生れた土地にしたところで、「いつ果てるとも知れぬ未明の闇《やみ》に沈む世紀末ロシア、その土地から生まれたリョーヴァ」の故郷と何ら変ることのない闇にとざされていた。私はトロツキーの『ロシア革命史』を仏壇の下にかくし読み、孝行をよそおいながら、いつか自分に訪れてくるにちがいない政治と犯罪の交差の刻《とき》を、心臓の鼓動のように、かぞえ待ち——夜は、母を殺す夢を見、汗びっしょりになって目をさます小心な一人息子なのだった。

一国社会主義のマイホーム性

　大学時代、私はトロツキスト呼ばわりされるようになった。

　そして、そのことは革命運動の裏切り者を意味していた。トロツキーは、ロシア革命後、スターリン、カガノヴィッチら、ソビエト指導者を暗殺する目的で、無数の陰謀をはかり、ソビエト政権の崩壊と連邦の解体を引き起すために、ヒットラーや日本の天皇と秘密の共謀をくわだてたという理由で告発され（I・ドイッチャー）、長い亡命生活の末、ゲー・ペー・ウーの手先によって、一九四〇年八月二十一日に暗殺された。

しかし、トロッキーの書物は、彼が裏切り者などではなくて、真の革命家であったことを物語るに足る充分な説得力を持っている。彼がボリシェヴィキに加盟したのは一九一七年になってからだが、一九〇五年第一ロシア革命の勃発時には、すでに最高指導者の一人にかぞえられていた。彼は、ボリシェヴィキ政権を実現し、赤軍の指導者として内戦を鎮圧した。そして、レーニンと共に第三インターナショナルの創立に成功したのである。

だが、一九二三年、ソビエト民主主義への抑圧と、党の官僚化を批判した彼は、主流派スターリンと争って党を除名されて、永い亡命生活をはじめることになった。

トロッキーの悲劇は、革命家の負うべき永遠の悲劇である。革命を達成した革命家が、「でき上った社会」を守ろうとして官僚化していった例がスターリンであるとするならば、限りなく革命をくりかえそうとしたために、陰謀家、反乱家、裏切り者として裁かれ、「でき上った社会」の捨石にされた例が、トロッキーである。

しかし、革命は毎日くりかえされつづけなければ、たちまち立場を転倒して体制化する。

当時、ナチスの怒濤《どとう》のような台頭を前にして、トロッキーはドイツの社会民主党の労働者との共闘を力説したが、スターリンは「社会民主党はファシズムの一翼」としてこれを拒んだ。そのために、反ナチス共闘戦線は実現することができなかった。

しかし、社共両党の対立によって分断されていたドイツ・プロレタリアートが反ナチス闘争で合体していたら、ヒットラーの血で書いた歴史は、存在しなかった、というのがトロツキーの言い分である。「地獄にのめりこむ前に、共に銃をとれ」と、トロツキーは叫びつづけた。まだ、第二次世界大戦を防ぐことができたかも知れぬ激動の一九三〇年から三三年までのあいだ、ベルリンを首都とする社会主義連邦成立の可能性を見捨てたスターリンの「一国社会主義」は、マイホーム的な革命であり、「他国の救済」に目をつぶったソビエトの国益中心の革命である（つまりは、全世界のプロレタリアートの解放とは、まるで無縁のものだった）と、言わざるを得ないのだ。

一九三三年、スターリンはドイツの内政にいっさい干渉しないと公約することで、ヒットラー及びナチズムを容認し、ヨーロッパ中のプロレタリアートに幻滅と灰を味わわせることになった。トロツキーの予言の的中である。

「いったい、裏切り者はどっちだったのだろうか？」と私は疑う。

革命は、国家の利益のためになされるのか、あるいは人間の解放のためになされるのか、そんな質問は、わかり切ったことではなかったのか、と。

もし、誰かが私に、

「祖国か友情か、どっちかを裏切らなければいけないとしたら、どっちを裏切るか？」

と質問したら、私はためらわずに、

「祖国を裏切る」

と答えるだろう。

一国の革命は、百国の友情を犠牲にしてきずかれるものではないのだから。

月光仮面は来やしない

お金も、好きな人もいないから、せめて幸福だけでもほしいわ。

と、売れない売春婦の米子さんが言う。

だが、お金も好きな人もいない娼婦《しょうふ》に、幸福の順番は、なかなかまわって来るものではない。鶴田浩二は『傷だらけの人生』で、

――どこに新しいものがございましょう。

と問いかけている。

――生れた土地は荒れ放題、
今の世の中、右も左も真っ暗闇じゃございませんか、と。

まったく「右も左も真っ暗闇」で、光のさしこむ気配は、どこにも見えないようだ。止めてくれるな、おっ母さん！ と、血縁をふり切って飛びこんだ東大全共闘の一団は、どこへ行ってしまったのだろう。

ドウチュケは射たれ、コーンバンティは亡命し、秋田明大はガリ刷りの詩を売るボヘミ

アンになってしまった。西ドイツのSDSが地下に潜《もぐ》って二年、胎動《たいどう》はいまだきこえず、先進国の革命として、全世界のブルジョアジーに不意打ちをくわせた「五月革命」は、中米から南米諸国へとエスカレートしながら、けむりのように消えてしまったのだ。学生酒場に行ってみよ。

かつてゲバ棒をにぎった学生たちが今日、歌っているのは「どこの誰だか知らない」月光仮面の唄である。だが、ハヤテのように現われて、ハヤテのように去ってゆく正義の味方、月光仮面の唄を呪文《じゅもん》のようにくりかえしくりかえし唄ったところで、どこからも月光仮面がやってくるわけではない。「何よりだめなドイツ」は「何よりだめな日本」であり、円切上げの浮かれバイオリンの調べにのって、人たちは、「まだでき上ってもいない社会の部分品として、組込まれて行ってしまうのだ。

「困難は過去にもあったし、現在にもまだある。口に出すのはつらいが、将来にもあるだろう。こうした困難の重みは、いつも私の心に重くのしかかっている。時代精神とはいかなるものであるか、人間はどうなってしまうのか、私は四六時中、見たり感じたりしているからだ……現在と遠い過去とを比較してみると、私たちはまったく別の世界に生きているような気がする。すべてが原始的混沌《こんとん》に逆もどりしようとしているのだ。私たちは、この動揺のさなかにあって、自分たちの無力をつくづく感じる……」（トロツキー『わが生涯』）

「家」もまた世紀末ロシア

家出とトロツキズムの関係について書くことは、一見莫迦《ばか》げたことのように見えるかも知れない。

だが、今日の高校生たちが「家族帝国主義」ということばを使い、まず親の権力との闘いから、自立と解放への第一歩を踏み出そうとするとき、トロツキーの「永久革命」の理論が、茶の間内戦からはじめられたとしてもおかしくはないだろう。

政治的解放にしたところで、所詮《しょせん》は部分的解放なのだから、性的解放、言語的解放を上廻るものではあり得ない。高校生にとっては〝家〟に向ける反乱の統一戦線が、スターリン的コミンターンへの反撃と同じように意味をもってくるのである。

「あなたは家出を煽動《せんどう》するが、それはなぜなのですか?」

と一人の母親が私にきいた。

「もはや、家というものが機能的意味を失って、愛情を押し売りする権力になりかわってしまっているように見えるからですよ」

と私は答えた。

「そんなことがあるものですか? 幸福な家庭あってこそ、幸福な子供が育つのです」

と母親は激しい声で言った。

「わたしの子供を返して下さい！」

実際、私のところに転がりこんでくる家出人の数は少なくない。『天井桟敷』は家出人のエルサレムか、と言われるほどである。だが、子供を古着か何かのように、「預け」たり「返し」たりするという思想がすでに歪《ゆが》んでいるのではないだろうか？

私は涙ぐんでいる母親に、冷たく言った。

「それはあなたの息子が、自分で決める問題ではありませんか」と。

「家の機能的意味がなくなった、ということは、どういうことかね？」

と刑事が訊いた。

「かつて、家には保護的機能、教育的機能、娯楽的機能、経済的機能、性的機能、宗教的機能、愛情的機能と、いろんな役割がありました。

西部の大平原に掘っ立小屋を立てて、男と女が赤児を守りながら生きていこうとしたフロンティアの時代には〝家〟が一つの社会だったからです。

だが、今ではそれらの機能を、社会、国家、あるいは会社、組合、コミューンといったものが代行してくれて、ひとは〝家〟なしで生きられるようになった。家なき子たちの文明が、運命共同体としての家からの解放手段をいろいろと生み出したからです。

人に好かれていい子になって

落ちていくときゃ一人じゃないか

という唄の文句のように、もはや人間が責任をとる単位が家庭ではなく個人なのだと知ってしまった世代を、〝家〟へとじこめようとするのは血族ファシズムともいうべきもので、親のエゴイズム以外の何物でもありませんよ」

だが、母親は私のことばなどには耳を傾けない。

家の機能の中での、愛情的機能だけはまだ失われていないという確信があるからである。

おまえはただの現在にすぎない

トロツキーは、一国社会主義、ムッソリーニの権力獲得、ナチズムの社会的本質、ルーズベルトのニュー・ディール、スターリンの大粛清などと闘った。

血なまぐさい抑圧を見て、

「おまえはただの現在にすぎない！」

と言ったという。

おまえはただの現在にすぎない、というのは、何と美しいことばだろう。ポケットには、外れた馬券が二、三枚。アパートの台所には、まだ洗っていない丼《どんぶり》が一つとハシが二本、洗濯屋《せんたくや》には夏のシャツが入ったままだ。三里塚には、秋の草花が咲きはじめ、レインコートのポケットには、読みさしのレヴィ・ストロースの書物が一冊、昨日泊りにくるといって来なかった酒場のホステスからの電話もなく、新聞には保険外交員の自殺の記事と、老人の日の集会の二、三の記事がのっている。日吉ミミは今日、どんな唄をうたっているのだろうか？

ハイジャックの赤軍派はいまどこにいて、月ロケットはどのようにして明日の計画を練っているだろうか？　ベトナムでは今週何人死に、日赤産院では今週何人の赤児が生れるだろうか？

おまえはただの現在にすぎない！

とトロツキーは言った。

だが、もしも「ただの現在」の次にやってくるものを、待つだけだとしたら、それはいったい、いかなる明日か？

孟子

孟　子（前372頃—前289頃）中国戦国時代の哲学者。山東鄒《スウ》の人。名は軻。孔子の孫の子思の門人に学び，斉，梁などの諸国をめぐり王道を説いたが成功せず，退いて教授と著述にあたり，『孟子』7篇を著わして，孔子の思想を継承発展させた。『孟子』は孟子の言行や，その弟子たちおよび諸侯との問答を集めたものであるが，その倫理説は性善説に根拠を置き仁義礼智の徳を発揮するにありとした。なお，『孟子』は四書の一とされ『論語』と並んで高く評価された。

孟母は三遷、わたしは一遷

孟子の家は墓地の近所にあった。

そこで孟子は、近所の子どもたちと一緒に「葬式ごっこ」をしてあそんだ。それを見た孟子の母は、子を教育する地でないと思って、市中に転居した。

これが、有名な孟母三遷のはじまりである。

やがて孟子は、毎日のように物の売買の真似、つまり「商人ごっこ」をするようになった。そこで、孟子の母は、ここもまた教育する地でないと思って引越しした。すると、今度は学校の傍《そば》だったので、孟子は毎日のように「学校ごっこ」をするようになった。孟子の母は安心して、ここに永く居を定めた、というわけである。

私にはなぜ、「葬式ごっこ」や「商人ごっこ」よりも「学校ごっこ」の方が教育的なのかわからない。しかし、世の多くの母親が孟母のように、子どもが学校ごっこをすることの方を喜ぶ傾向があることは確かなようである。母親たちは、口をひらけば「勉強しなさい」と言う。そして、子どもがそれをいやがるとさまざまの教訓で脅《おど》して、何とか机に向わせようとするのである。

「遊学していた孟子が、ある日突然に、母の許へ帰ってきた。そのとき孟子の母は、はたを織っていたが孟子に『学問はどの辺まで進んだか』と問うた。孟子は『ちっとも進みません』と答えた。すると、母は織りかけていたはたを刀で断ち切って言った。『お前が学問を廃するのは、私がこのはたを断ち切ったのと同じだ』

これを聞いた孟子は、ひどく恐縮して反省し、それから日夜勉学してやまず、のちに子思の門人を師として学び、ついに名儒となった」（孟母断機『列女伝』）

よく似た話が私の場合にもなかったわけではない。私の子ども時代には、国中が焼跡だらけで、広義の「墓地」でないところなどどこにもないのであった。

しかも、価値観は紊乱《びんらん》し、手本にするような学校などどこにもなく、私たちは「お医者さんごっこ」か「野犬がりごっこ」をする他にこれといった娯《たの》しみがなかったのである。

しかし、母は私のそうした遊びを禁じて、学校の勉強だけをするようにと強要した。そこで、私が自分の好きなように生きるためには、道は一つしかなくなってしまった。

ある夜、銭湯の帰りの私は、風呂敷包みに洗面道具と二、三の書物、下着をつめこんで「上野行」の夜汽車にのり、それきり帰って行かなかった。

生きやすい環境を探すために、孟母は三遷しなければならなかったが、私はたった「一遷」で充分だったのだ。

孟子との架空対談テープ

私「あなたのお母さんの教育について、いくつかのことを質問したい」
孟子「偉大な母についてのことなら、何でもお答えしましょう」
私「孟母の三遷は、あなたのお母さんがあなたを自分の思い通りの人間に育てたいというエゴイズムから生れたものだとは思いませんか？」
孟子「その指摘は間違っています。母は、私を儒学者にしたいと思っていましたが、私自身もまた同じように考えていたのです」
私「でも、三遷の頃のあなたはまだ子どもで、そんな分別があったとは思えませんが」
孟子「しかし、誰だって商人になるよりは学者になる方が正しい生き方というものですよ」
私「それならば、あなたのお母さんはなぜ、教育に適さない土地からあなただけを引越しさせたのでしょう。あなたと一緒に葬式ごっこをしていた他の子たちはどうでもいいと考えたのでしょうか？」
孟子「他の子のことは他の子の母親が考えるべきです。母はただお節介をしなかっただけですよ」
私「しかし、教育というのは半ばお節介の仕事ではありませんか？　自分の子さえいい環境に引越しさせれば、他の子のことは構わないというのでは、教育の本質から外れていると言わざるをえません」

孟子「…………」

私「あなたは、お母さんの性生活を覗《のぞ》き見たことがありましたか？」

孟子「エッ？」

私「たぶん、ないでしょう。性生活ばかりか、入浴しているときに乳房とか恥部を見ようと思ったこともなかったに違いない。あなたはお母さんを、一人の女として、あるいは過《あや》ち多い一つの人格として、愛したり憎んだりするということはなく、何時《いつ》も自分を支配する〈絶対的なるもの〉としてのみ感じていたように思われます」

孟子「私の母の場合は、特別です。母は私よりもはるかにすぐれていましたから」

私「一九七〇年代ではあなたのお母さんのような人のことを、教育ママとかママゴンと言っています」

孟子「しかし、私の母のような存在が、一九七〇年代にまで一つの典型として引き継がれていることは、それほど普遍的だということを意味しているのではありませんか？」

私「そうかも知れません。少なくとも、母親という存在が、『内なる帝国』として若者たちの意識世界に君臨していることは事実です。私は、母殺しの思想化というか、すべての若者がマザー・ファッカーになることを説いています」

孟子「たぶん、あなたは家庭的に恵まれていなかったのだと思いますね」
私「私はあなたの書物をいろいろと読んで、率直なことを言うと、懐疑のなさに驚かされているところです。あなたは君主に『その身正しければ、天下の人はこれに帰服するであろう』と言う。だが、正しいとはいったい何ですか？　天下の人を帰服させるのは政治的技術ではあっても、こうしたあいまいな美徳ではありますまい。大体、天下の人を帰服させる君主独裁ということにさえ、何の疑いも抱いていない。これは、子どもの頃にあなたのお母さんが墓地にも市場にも目かくしさせ、現実の汚辱を見せずに、教育したせいではありませんか？　過保護で温室育ちのあなたには、人たちが心の底で何を望んでいるかが、わかっていなかったのです」

孟子の仁義とテキ屋の仁義

孟子の生い立ちについては、種々の説があって、どれも定かではない。その名を軻と言い、戦国時代の鄒《すう》国、いまの山東鄒県の人だということだけが確かなようである。したがって、孟子に関して書かれたことは後人の臆説《おくせつ》によるものである。このことを、孟子より百年以前に生きた孔子の場合に比較してみると、孟子は人格的にはさしたるエピソードを持たない退屈な男だったのではないかという気もする。

ただ、その書物から推測すると、儒家の中の名士で、多くの門弟を擁していたとも言えるのである。

成人した孟子は数十両の車を列ねて、従者数百人をしたがえて、梁、斉、宋、滕《とう》、魯などの国々を歴訪した。そして、そこで仁政を説き、自分の尽力で天下を統一したいという政治上の夢をもっていたらしいが、その「世間知らず」な儒教は、わずかに斉の宣王の下で卿位を得たにとどまり、どの国でも重要な地位につくことができなかったのだ。

晩年については、郷里の鄒国で門弟を教育し、政治から遠ざかっていたという臆説が、もっとも知られている。

だが、名儒であり、政治上の理想をいだいていた孟子が、結果としてはどの王にも重用されることなく、天下統一の夢も果せなかったのは、彼の学問が「有用の学」でなかったからではない。むしろ、諸侯に仁政の有用を説きながら、彼の現実認識が甘かったからだと言うことができるだろう。

孟子は、「性善説」を説き、しばし告子と論争している。

中でも興味深いのは「仁内義外」論争である。告子は「仁と義は同じに論じられない。仁は心の内にあり、義は外にあるものである」と言っているのに、孟子が反対し、どっちも心の中にある道徳感情だ、と言っているのである。

この論争は、私に浅草でテキ屋をしている銀次おじのことを思い出させる。銀次おじは言ったものだ。

「近頃の若えもンは簡単に仁義ってことばを使いやがる。いったい、ことばの意味がわかってるのかね、ホントに。

北島三郎なんて流しあがりが、洟《はな》をかみすぎたような声で、

義理で始まり
仁義で終る
いっぽん道だよおいらの旅は

なんて歌ってるが、仁は人情、義は義理だ。この二つは、いつも相容れねえものなんだ。たとえば、十八の時に俺《おれ》は兄貴の女房に惚《ほ》れちまってね。一緒に死のうかと思ったもんだった。だが、相手は兄貴の女房で籍までちゃんと入っている。これを横取りするとなりゃ、義理は立たねえ。少なくとも指の一、二本ツメる位でカタのつく問題じゃねえんだ。だからといって、姐《ねえ》さんに、

『あんた、遊びだったの？』

と言われると、人情としては逃げるわけにもいかねえ。泪橋《なみだばし》まで行って、三日つづけて一緒に泣いて、四日目にわかれたが——『義理と人情の板ばさみ』ってのは、あんなことを言うんだと思ったね」

銀次おじの話は、半分位は嘘《うそ》である。しかし、仁と義は互いに否定しあい、一口に仁義と総括してしまうと、それは私たちの生きる不条理である、という信念だけは当っている

ように思われる。告子は、そのことについて、
　食色性也。仁内也。非外也。(食と色とは性である。つまり、仁は内であって外ではない）と言っているのである。食、色といった欲望は内なる本能であり、
　義外也、非内也。彼長而我長之。非有長於我也。猶彼白而我白之。従其白於外也。故謂之外也。(義は外にあって、内ではない。相手が年長者のとき、年長者として礼するのは義である。その場合、年長者という事実は相手にあって、私の内だけで片づくことではない）

　この告子の言分は、仁としての人情は個人的だが、義としての義理は社会的だ、と言ってるにすぎない。つまり、当然のことなのである。

　北島のサブちゃんのように「いっぽん道だよ、おいらの旅は」としめくくりがついてしまえば、仁義もまた、美徳の一つとして扱うことができるだろう。だが、仁と義とが対立して「わかれ道」となり、どっちかをえらばねばならなくなったときに、「おいらの旅」は生きることの難かしさとなってくるのである。孟子は、そのへんをどう考えていたのだろうか？

　彼は『告子篇』で、告子の「仁内義外」の説に反対し、「たとえ相手が年長者であっても、それはただの事実であるにすぎない。礼したり敬《うやま》ったりする心は内にあるのだから、義も人情と同じように心の徳である」と言っている。このへんに、孟子の社会的知覚の欠

如が見出される。

彼は、何事も「いっぽん道」でつらぬき、心の問題で解決することができると思っている。社会的な存在としての自分に与えられた立場も役割も、それを受容れるかぎりは、心の問題だ、というわけである。

相手があろうとなかろうと……一方的にじぶんの道徳の問題にしてしまうところに母親ゆずりの単純さが見られる。しかし、客観的事実があってはじめて認識が生じるのだという告子の指摘は、二〇〇〇年前のものと思えぬほどの科学的なものだということができるだろう。

性善説は包茎の哲学です

性善説を説くのは、処女童貞に多いね、という見方がある。

エロスの本質には、悪の愉《たの》しみがひそんでいるが、性善説を説く人にはそれがわからないからだ、というのである。

孟子は、もしかしたら包茎だったのではないか、という見方もある。

四十すぎても、母親の影響を抜けられない男には包茎が多い。包茎はなぜいけないか、というとゴミがたまって不潔である。早漏の原因になる。感情的に未熟になりやすい。そして、包茎のもっとも目立つ欠陥は、性的に独善的となり、それがそのまま他人との関係にも反映するということである。

だが、孟子の時代は「渋谷整形外科」も皆川次郎先生もいなかった。だから、手術できぬままに長じて禁欲的な儒学者になった。その性善説や仁義の道徳は、対立概念をはらまず、エロスの問題には手をふれていない。

私は少年時代に昼寝している母のすそをそっとめくって地獄を見、それから人生がかわったような気がする。

性は善でも悪でもなく、毛がはえた異形のものであり、どんな政治の力でもおよばないような暗闇《くらやみ》を内包しているのであった。孟子の見たことのないものを見ただけで、私の人生はかわってしまい、「天下の基礎は国であり、国の基礎は家であり、家の基礎は個人である」などと楽天的なことを言ってることなどできなくなってしまったのである。国と家とはべつべつの法則をもつ共同体として犯しあい、家と個人とは抗争しあい、人は善ではなく自由を求めあうようになった今、孟子の書物などは、まったくカビくさいじいさん、ばあさんの説教に及ばざるの感がある。

キリスト

キリスト　Jesus Christ（前4頃—30頃）キリスト教の開祖。北パレスチナのナザレで生れた。父は大工ヨセフ，母はマリア。30歳の頃家を出て，ヨルダン川でヨハネに洗礼をさずかり，救世主であることを自覚，神の教えを民衆に説いた。また，弟子の中から12人の使徒を選び，伝道のため各地へ派遣した。はじめガリラヤ地方に活動，のちにエルサレムに入ったが，ユダヤ教の一派であったパリサイ人らの戒律主義と偽善を批判して讒訴《ざんそ》され，ゴルゴタの丘の十字架上で刑死した。その死後3日目に蘇生し，40日間地上にあって昇天したといわれる。

1

キリストとユダとは、共に同時代を生きたユダヤ人である。

ヨーロッパ人の多くは、キリストがユダヤ人であることを認めたがらなかった。だが、私が、イスラエルへ旅行したとき、聖書研究家の石田牧師が、こんな話をしてくれた。

「ユダヤ人の男の子は、生れて間もなく割礼をするのです。だから、ユダヤ人には、包茎の男性というのは、いないわけなんです。そのことを裏返せば、男性の包茎はユダヤ人ではない、という証拠になる。で、第二次大戦中に、ヨーロッパの教会画家たちが、キリストの裸像に勝手に筆を加え、腰布を描き足すことで、キリストの露茎の男根をかくしてしまったという事実があります。まあ、一言でいえば証拠隠滅ってわけでしょうかね」

2

なぜ、ヨーロッパ人のクリスチャンたちが「イエスがユダヤ人である事実」を認めたがらなかったかについては、ここではふれないことにしよう。

彼が、どのようにユダヤ人を嫌っていたかは、歴史が代弁してくれているだけでも、余りある。また、キリストがユダヤ人の中の異端であるとする東洋学者ライマルスは、

「イエスは、ユダヤ民族の政治的解放者を自任していたが、当のユダヤ民族に捨てられて、失意のうちに十字架で死んだ。そこで彼の弟子たちが復活の話をつくりあげて、再臨の信仰をひろめたのだ」(『キリスト伝』)

と言って、センセーションをまき起した。

しかし、いずれにせよ、キリスト教が世界の矛盾をとりつくろうために、人間によってこしらえられたものであることは、まちがいないだろう。それは、むしろ偉大な虚構と呼ぶべきかも知れない、その虚構の神話を、十八世紀の啓蒙《けいもう》時代に代表されるような合理主義によって裁こうとするのは、無意味なことである。

3

いまとなっては、父親がいないのにマリアが妊娠するわけはない、という性医学的キリスト批判よりも、

「聖母マリアは想像妊娠して父《てて》なし子を産んだ」

という話の方が、はるかに説得力があって面白くなった。

ホントよりも、ウソの方が人間的真実である、というのが私の人生観である。なぜなら、ホントは人間なしでも存在するが、ウソは人間なしでは、決して存在しないからである。

4

ところで、イエスがどんな男であったかを知るためには、私たちは四冊の福音書を読む以外に、何の手がかりもない。しかも、その四冊の成立年代も、きわめてあいまいである。『マタイ伝』『マルコ伝』『ルカ伝』『ヨハネ伝』の四冊の伝えるイエス像は、それぞれ筆者がちがうために、まるでちがったイエスのイメージを形成している。

『マタイ伝』の筆者マタイは、キリストの十二弟子の一人で、税吏だった。彼の文章には税吏らしい実直さが見られ、その綿密さに、私は「要点を！　要点を！」と言いたくなる。第一章は、アブラハムはイザアクを生み、イザアクはヤコブを生み、ヤコブはユダとその兄弟たちを生み、ユダはタマルによって、ファレスとザラを生み、ファレスはエスロムを生み、エスロムはアラムを生み、アラムはアミナダブを生み、アミナダブはナアッソンを生み、ナアッソンはサルモンを生み、サルモンはラハブによってボオズを生み、ボオズはルトによってヨベドを生み、ヨベドはイエッサイを生み……といった(当世流行の芸能人相愛図をはるかに上まわる複雑多岐さ)系図が長々と語られてある。

『ルカ伝』の筆者ルカはギリシャ人で医師である。彼は使徒パウロの弟子として、そのすべての伝道旅行に従ったと言われている。文章も簡潔で読みやすいが、小説的すぎるという人もいる。『ヨハネ伝』の筆者ヨハネは、詩人で哲学者である。彼は童貞であったためとくにイエスに愛され、十字架上でイエスが「ご死去になる直前、マリアを母として託される光栄を得た」（ヨハネ伝第十九章二十六―二十七）となっている。

その文章は、「はじめに言葉ありき」という第一行目から、「神からつかわされた人がいて、その名をヨハネといった。この人は、光を証明するために、またすべての人がかれによって信じるために、証人として来た。この人は光ではなく、光を証明するために来た」という大げさな装飾文体で書かれ、伝記作者としての信は措《お》きがたい。

『マルコ伝』の筆者マルコはペトロの弟子で、伝道の「通訳」として知られている。この書はギリシャ語で書かれている。通訳らしいひかえ目の文章である。私たちは、これらのちがった文体で書かれている四つのイエス像をモンタージュして「一人のイエス」を作りあげることで、想像力による信仰へ一歩ふみこむことになるのである。

5

モンタージュ・イエス。その肉体について言えば、長髪で髭《ひげ》もじゃの大男で筋肉質、無頼の徒であったと見るのが正しいのではあるまいか。

ヨーロッパ人は悲しそうなキリスト、髭のないキリストを好んで描きたがるが、セム族に属する東洋人のキリストは、年よりも老けて、（しかもナザレ人は長髪で髭を剃《そ》らない掟《おきて》があるから）ヒッピーの革命児といったイメージがふさわしいだろう。四冊の福音書から思いうかぶキリストは、戦闘的な革命家で、大工の倅《せがれ》らしいがっちりとした体格の持主、しかも入浴しないので、汗くさく、垢《あか》くさく毛深かった、と思われる。

6

賀川豊彦、内村鑑三らの描いてきたキリストは、感傷的で繊細すぎる。おそらく、キリストは廣橋梵が『聖書——秘められた人間性』の中でイメージを描いているように、朝潮、上田吉二郎、高見山といった人相体格だったと想像される。

彼は時代の変革のために、徒党を組んで同時代のユダヤ人社会を告発した。「地上に、平和をもたらすために私が来たと思うな。平和ではなく、剣を投げこむために来たのである。私が来たのは、人をその父と、娘をその母と、嫁をその姑《しゅうと》と仲たがいさせるためである。そして家の者がその人の敵である」(マタイ伝第十章三十四―三十六)。こうしたキリストのアジテーション、型破りな行動のいくつかを例にあげて、ドイツの精神病学者ランゲアイヒバウム博士は「天才と称するに足らない一人の精神病者、分裂型変質者」と呼んでいる。

誇大妄想《もうそう》(神の子という自己顕示欲)

家族への冷酷さ、家出と放浪性

自制心の欠如（エルサレムの神殿の両替屋や鳩を売る店の屋台店をひっくり返して、営業妨害罪、器物破損罪などを犯した）といったことが、その例証というわけだ。しかしユダヤ小市民を軽蔑し、革命児たらんとした大工の倅で、娼婦《しょうふ》、漁師、兵隊、前科者を集めて、家族制度の破壊を説き、放浪とフーテンの日々をおくっていたキリストは、メガネをかけたオールドミスたちの心の中のキリストさまとはべつの、やくざな、性的魅力あふれた男っぽい男だったと思われる。

7

新宿に、三大フーテンというのがいて、シンナー遊び全盛の頃に、西口広場界隈《かいわい》を三分して、君臨していた。一人がガリバー、一人がシーザー、一人がキリストである。大学闘争、七〇年安保をへて現在、ガリバーは地下映画作家、シーザーは『天井桟敷』の作曲家でロックシンガー、そしてキリストはサラリーマンになってしまった。

8

キリストは、アラム語のムシーハア（メシア）、ギリシャ語のクリストスにあたる、と百科事典に書いている。子供の頃、私はクリストスとクリトリスとの区別がつかず、母の友人たちの前で、「イエス・クリトリス」と言って、尻《しり》を撲《ぶ》たれたものであった。

9

キリストのいない社会と、キリストを必要とする社会——この二つの社会の不幸のあいだに引き裂かれている同時代の西欧人たちにくらべれば、はじめからキリストなしですませてきた私たちの方が、はるかに自由であった。

それでも、高橋睦郎の『どろぼうたちのキリスト』という詩では、

　どろぼうたちのキリスト　てなしこどものお父うえ
　家出娘らのこいびとであるかた

のキリストにひざまずいて呼びかけている。

　ホモたちの父となってくださいまし　かぎりなくおやさしいかた
　かれらは路地のすみ　安宿の階段で　人なつこさにふるえております

そして、この迷える使徒志願者は、

　これは　ひとりのあわれなにんげん
　男になりきれぬ男　女になりそこねた女
　うしろ指にかこまれるおかまです

10

美少年ユダもまた「うしろ指にかこまれるおかま」であった、というのが私の推測である。彼はキリストを銀貨三十デナリで売ったことになっているが、実際には教団の会計を扱っていて、その金をくすねて「血の地所」という土地を買っていたくらいだから、さほど金がほしかったのだとは思えない。ただ、最近つめたくなってきた愛人キリストを「裏切る」ことで、二人だけの関係を際立たせ、キリストに自分の存在を思い知らせたかったのだと考えられる。

キリストは、ユダを愛し、信頼していたし、ユダもまたつめたくなったキリストへの愛の報復のつもりでしたことが、キリストを殺してしまう結果になって、悲しみのあまり自殺している。ダ・ヴィンチの『最後の晩餐』に出てくるユダは老獪《ろうかい》で醜い男に描かれているが、それはダ・ヴィンチのユダへ対する復讐であった。

11

当時のユダヤはローマ総督の支配下にあって国家的独立を失い、その文化の軸をなしていたユダヤ教もまた形式的な律法主義に陥って民衆の精神的支柱にはなっていなかった。ユダヤ人たちは暴政とローマの軍事支配下で苦しんでおり、メシアの到来を待っていた。イエスは、

――時は満ちた。神の国は近づいた。悔い改めて福音を信ぜよ。

といった主旨をもって最初の伝道にのり出し、ユダヤ人を勇気づけ、解放へと呼びかけて行った。群衆はイエスを地上的な英雄としてイスラエル再興の期待と神の国の実現をねがったが、イエスは神との仲介をするだけだと言ってその期待を拒み、祈りをもってそれに応えるだけだった。イエスが政治的解放をのぞんでいたのでなかったことは、その後に彼の遺《のこ》した言葉にもあきらかであるが、ユダの密告により、ローマ総督ピラトは、反乱の徒として、これを処刑した。

しかし、政治的解放は部分的解放にすぎないが、キリストのめざした内部世界からの解放は不滅であった。彼の意図は後世に伝えられ、次第に伝説化し、そしてキリスト自身、「神の子」として歴史のなかにしるされることになったのである。

12

私は、キリスト教はきらいだが、キリストは好きである。

13

キリストの生れる以前に、ブルータスの刺殺、クレオパトラの敗北と自殺、ソクラテスの男色、神の批判などが史実としてあり、それがキリストのローマへの反抗の情熱となったことを無視するべきではない、と廣橋梵が指摘している。キリストも、聖書の中に封じこまれて、オールドミスたちの生甲斐《いきがい》となるよりは、血わき肉おどる歴史書の中の一人物として扱われる方が、より親しめるのではあるまいか。

14

いま、ニューヨークっ子たちは、ロックオペラ『イエス・キリスト・スーパースター』に夢中である。ヒッピーたちの作り出したこの喧《やかま》しいキリスト受難オペラで、イエスが長髪ヒッピーなのは当然だが、ユダは黒人ということになっているのである。

もし誇るべくば、わが弱きところにつきて誇らん。（コリント後書第十一章三十）

プラトン

プラトン　Platōn（前 427―前 347）ギリシャの哲学者。アテナイの貴族の家に生れ，ソクラテスの教えをうけた。はじめ政治を志したが，40 歳にしてアテナイ市外に学《アカデ》校《メイア》を開き，独自の哲学をたてた。霊肉二元論をとり肉体的感官の対象たる個物は真の実在でなく，霊魂の目でとらえられる個物の原型である普遍者《イデア》こそが真の実在であると説きこのイデア論にもとづく理想国家の実現を主張した。人は対話《ディアロゴス》によって真知に到達するというのが彼の思想の方法であるが，『国家』『ソクラテスの弁明』『饗宴』『テアイテトス』などの 35 の対話篇を残した。

ソクラテスの少年探偵団

どういうわけか、私は今でも口笛を吹けないのである。無論、練習をしなかったのではない。少年時代に、「口笛を吹けないのは同性愛者の証拠だ」といわれて、運動場の片隅《かたすみ》へ行って舌の先が酸《す》っぱくなるまで練習した。試みに、歯と歯のあいだに草の葉をはさんで吹くときれいな音になる。（草笛を吹けるのに、口笛は吹けぬとしたら、私はやっぱり同性愛者になるほかはないのだろうか？）と思うと、何だか情けない気分になった。

そんな頃、はじめてプラトンの『饗宴』を読んだのである。『饗宴』は学校の図書館の本棚《ほんだな》の片隅にあって、借出し表を見ると、私の前に読んだのはラグビー部の主将の石井であった。石井がどうしてこんな哲学書などを読んだのであろうと、私はいささか不思議な気がした。「たぶん、誰かにすすめられたのだな」と私は思った。『饗宴』が青少年のための男色学入門の書であるということを知らなかった私は、石井にはもっと戦闘的な書物、荒木又右衛門だの宮本武蔵などの方が似合うのではないかと思っていたのだ。

その頃、私たちの図書館の書庫には、渡り鳥の巣があって、季節になると蔵書が鳥の糞《ふん》でよごれるのだが、粋人を自称する川崎先生は鳥の巣も取り払おうとはしないのだった。川崎先生は変りもので、四十を過ぎたのに独身であり、同級生のうち何人かは先生にオナニーを教わっていた。川崎先生は、いくつかの有名な小説を性の観点から分析して見せてくれたが、中でも忘れられないのは江戸川乱歩の『怪人二十面相』の登場人物、明智小五郎探偵団と少年探偵団小林少年の関係である。「二人はホモだったんだ」と先生は言った。「小林少年は永遠に年をとらないという設定になっているが、あれは乱歩の少年愛のあらわれでね。明智小五郎と小林少年はプラトニック・ラブだったんだよ」

それまで、プラトニック・ラブを少年と少女の精神的な純愛のことだと思っていた私はショックをうけた。「つまり、ソクラテスとプラトンの関係だな」と先生が言った。「しかも、精神的なだけじゃない、もっと本格的なエロスの愛だよ」。私は川崎先生のいつもの調子のラッパが鳴りひびきはじめたのだと思った。

「有名な『饗宴』のなかにフェラチオについての描写がある。アルキビアデスが嫉妬《しっと》から、プラトンとソクラテスの性生活をすっぱ抜く場面だ。『証人を呼んでもいいですよ。あなたは笛を吹かないというのですか？　いや、マルシュアスよりもはるかに驚嘆すべきものだ。マルシュアスの方は道具を使って、口の力によって男たちを魅惑したもんです。（中略）しかし、あなたは道具を使わないで同じことをするのです』（プラトン『饗宴』215a)」

「この、あなたというのがソクラテスだ。笛は何を意味してるかわかるだろう？」

だが、これは先生の思いすごしというものである。ソクラテスは、笛を使わず「言葉で、もって」人を魅惑するのだということが、このあとに詳述されているのである。だが、私はそれ以来、プラトンというと条件反射的に男色のことが思い出され、『国家』も『法律』も『パイドン』もすべてがソクラテスへのラブレターとしてしか読めなくなってしまったのであった。

毛深いただの中年男

ソクラテスとプラトンがはじめて逢《あ》ったのが何時《いつ》だったかは、どの哲学文献にもあきらかにされていない。しかし、プラトンの『ギオゲネス』の後半に「二十歳になって、ソクラテスの弟子になった」と記されている。

この「二十歳になって弟子になった」というのは一体何を意味するのであろう。

プラトン家はソクラテスと親しい関係にあり、プラトンの身内の年長者のカルミデス、クリティアス、アディマントス、グラコンなどはソクラテスの愛人だったり、友人であったりした。プラトンの幼少の頃から、プラトン家に出入りしていたソクラテスが、二十歳になって改めて「出会い」をもつことはおかしいし、彼は特定の弟子など持たなかったと自ら語っているから、この「弟子になった」というのは、特別の意味をもっていると考えられる。

それまで、美少年のプラトンを抱きたいと思っていたソクラテスに、「二十歳まで待ってください」とプラトンが猶予の時を保っていたことはさまざまの理由から想像されないこともない。プラトン自身、ギリシャの同性愛が「まだヒゲも生えていない少年」の奪いあいでいざこざをひき起すことに対してはげしく反撥《はんぱつ》していて、そのために国家が法によって掣肘《せいちゅう》を加えるべきだという意見を持っていたからである。

たぶん二十歳になってからならば、愛はただの快楽ではなく、魂の了解を得られるというのがプラトンの考えだったのかも知れない。幼少から読み書き、音楽、絵画、詩、体育を学んでいた名門の子で、美貌《びぼう》のプラトンの一生は、つねに「本質が存在に先行し」「説明的なもの」であった。そんなわけで、六十二歳のソクラテスと二十歳のプラトンとは、前四〇七年に「出会い」を持ったが、ソクラテスはその前夜に、一羽の白鳥が自分の膝にとまった夢を見たと伝えられている。アルキビアデスは、ソクラテスのことを、「ソクラテスは美しい男には惚《ほ》れっぽくて、いつもこれらの人々を夢中で追いまわしている」と言っているが、実際にプラトンの書物にもソクラテスに可愛がられた人物は限りなく出てくるのである。

私はソクラテスがどんな男だったかはまるでわからないが、いくつかの年譜をつきあわせてみると、プラトンがえがき出した賢人とはいささかべつの人物像がうかびあがってくる。まずソクラテスはアテナイのアロペケという町で石工と助産婦の子として生れた。彼の貧乏は有名だが、年譜では一様にアロペケの町から政界の実力者が輩出していて、町の他の家同様、ソクラテスの家柄も富裕であっただろう——と記されている。しかし彼は一兵卒として長いあいだ戦場にあり、男色に耽溺《たんでき》し、五十歳まで独身であった（五十歳をすぎてからクサンチッペというひどい悪妻と結婚している）。ソクラテスはその後政治家に転身したが、「青年たちを堕落させた」理由で告発され死刑に処せられた。（正確には毒杯を仰いで獄死した）

ソクラテスの思想はすべてその死後プラトンによって書かれたものである。書物の中のソクラテスが、プラトンの幻想によって高められ、ただの毛深く好色な中年男から不世出の哲人にまで変貌させられてしまったのか、それともソクラテスは真にすぐれた賢者で、プラトンの文学的表現力を借りずとも、その言行を記録するだけで充分だったのか、私にはわからない。

ただ、プラトンによると女を愛したアリストファネス（劇作家で、『女の平和』や『鳥』を書いた）は尻軽《しりがる》な現実主義者、ソクラテスの五十すぎてからの妻は悪妻とされているが、『饗宴』や『パイドン』『ソクラテスの弁明』の過剰な文学性とあわせて、ソクラテスの存在も、プラトンの頭の中の虚構が半分、という推理が成立つ。だれだって、自分の愛人の伝記を書くときは「あるがままの彼」ではなく、「そうあってほしかった彼」を書くものだからである。

少年の友プラトン

高校の最後の春の修学旅行で、一人の友人が首吊《つ》り自殺をした。旅館の浴衣《ゆかた》の帯をナワがわりにして、カモイからぶらさがったのである。遺書には「どうしても自慰がやめられません。生きてることが恥ずかしい」ということが書いてあったが、彼を知る者は彼のメガネ、すぼめた小さな口、『螢雪時代』と岩波文庫を愛読していた内向的な性格と、自慰への罪悪感とが重複して、何となく白けたものであった。

私たちにとって、自慰は想像力のあそび、愛とはまったくべつの生理的な快楽であり、「想像力の乏しい奴はいくらオリーブ油など使ったってだめなんだ」ということになっていた。それは性交の予備行為や、代償行為ではなく、それ自体で完結したものであり、想像力と肉体との一致する瞬間までのみじかい「旅行」という意味で、麻薬にも似た経験だからである。

「要するに、あいつはプラトニックだったんだよ」と、一人が言った。「だから、セックスをはずかしいことだと思ったんだ」。すると別の一人が反対した。「逆だろう。オナニストになり切ることができたら、彼はプラトニックにもなれたんだ。プラトンは八十歳まで童貞だったんだから、自慰の人だったことは間違いない」

プラトンが愛を〈天上的なる愛〉と〈地上的なる愛〉に区別し、前者を魂の出会い、精神の魅力による愛とし、後者をただの肉体的満足を求める愛とするとき、なぜか「ただの肉体的満足」という表現の悪意を感じる。どんな娼婦《しょうふ》との「地上的なる愛」でも、それが愛として扱われる限りは、ビンに蓋《ふた》をするように即物的に割り切れるものではないということを彼だって知っている筈なのだ。八十歳まで童貞で地上的なるものを否定し、少年を相手に世界で最初の大学をアカデメイアに作ったプラトンの天文学、数学、音楽理論への嗜好《しこう》は、なぜか私には性的に歪《ゆが》められた一人の男の、人間不信を感じさせるのである。ソクラテスによってはじめての性体験を知った二十歳の青年が、そのことへのこだわりから一生独身で、相手の男ソクラテスがいかに偉大であったかという「プラトン自身の弁明」に賭けた。つまり、ソクラテス・ショックから立上れぬまま、もっとも反ソクラテス的生涯を送った老いる少年だったと言うことができるだろう。彼はソクラテスの言葉として、「真理よりも人間の力が尊重されるべきではないのだ」（『国家』595c）と言わせている。

だが、ソクラテスはプラトンがどのように修正しようと、きわめて人間くさい男で、好色漢で、A感覚もV感覚もマスターし、しかも言語より肉声を重んじる男で、後年は政治的実践に向って行ったのであった。だがプラトンの場合、それがどのように受け継がれたか。彼の自己形成は、何よりも先ず政治への失望にはじまっている。彼はかつてのソクラテスの仲間のクリチアスが独裁的な国家委員会を組織し、貴族党の政府を樹立しながら、悪政をほしいままにしたことと、それへの反撥から民主派の若者たちが叛乱《はんらん》し、まるでクリチアスとは関係のないソクラテスをまで死刑に追いこんだことに、ひどい不信感をもっていた。少なくとも青年時代のプラトンの政治不信は多くの書物にも翳《かげ》をおとしている。

そのプラトンが後年ふたたび「哲人政治」を構想したのは、ある意味で政治への誤解に成立った理想をいだいたからだとも思われる。アテナイの政界に失望した彼は、全ギリシャ人を異民族から救うための理想『国家篇』を実現しようと思い立ち、シュラクサイの僭《せん》主《しゅ》の義弟ディオンに接近した。ディオンは当時この島の実力者で、西の異民族カルタゴの脅威に対抗して全ギリシャを守っていたのであった。

おでこの広い理想主義者プラトンの小さな都市国家的理想と、僭主の世界統一の野心とが手を組んで歴史を作りかえるというのは、いわば冗談のようなものである。彼は捕えられてアイギナの奴隷市場に売られ、友人に身請けされてから命からがらに帰国したと古記録は伝えている。

それなのにプラトンは二十年後にディオンに政治顧問として来援を求められたとき、それを拒まず、また出かけてゆくことになる。すでにディオンの野心の本質を知りぬいていながら、じぶんの『国家篇』の実現の機会に賭ける哲人政治家のロマンチシズムは、今で言えば「世間知らず」といった印象をまぬがれないが、彼は自尊心と、言行一致へのつよい欲求をもっていたのであろう。だが、結果はプラトンの予想をはるかに上まわるほどなまなましく現実的な政治権力の争いの場に立ちあわされる羽目になり、「哲人政治」の理想は泥足でふみにじられてアテナイに追い帰される憂き目にあったのだった。彼はそれらの経験を『法律篇』十二巻として起稿して、果せぬままその半ばで死んだ。

「誰のために愛するか」

プラトンの『パイドロス』に扱われている美しい愛は「受け身の愛」。少年が目上の男から「愛される恋人になる」愛のことである。そして、そこにプラトンの性と政治へのすべての鍵《かぎ》がひそんでいるように思われる。

「体育その他の交わりの機会に、からだを触れあったりしながら、相手に近づいて行くとしよう。そのとき、今やこんこんと湧《わ》き出ずる流れが、恋する者に向っておびただしく流れ来て、彼の中に吸い込まれ、いっぱい満《い》たされると、その一部は外に流れ出る。そして、あたかも風やこだまが、なめらかで固いものにあたってはねかえり、そこからこの美の流れも、ふたたびもと来た美しい愛人のもとへ帰り、眼を通って中へはいる。中へはいったこの流れが、本来通るべき路をへて魂にまで行き着き、彼の心をかきたてると き、それは翼の出口をうるおし、翼が生えんとする衝動をあたえ、そして、今度は恋されている者の魂を、恋でみたすことになるのである。かくして、この愛人は恋する——しかし、何を恋しているのであろうか。彼はそれがわからずに途方にくれる。彼は自分の心をうごかしているものが何であるかを知りもしなければ、説明することもできない。たとえて言えば、ひとから眼の病をうつされたときのようなもの。何が原因でそうなったか、言うこともできぬ」(『パイドロス』)

プラトンはこのあとで二人の愛が快楽を求めたくなったとき、魂が、馭者《ぎょ》と力をあわせて抵抗し、より「知を愛し求める、秩序ある生活」へみちびくのが、愛の幸福であると書いている。彼にとって恋は男の特権であり、女は殉死はできるが恋は出来ぬものだ、としている。

何も知らずに銀座三愛のパーラーでミツマメを食べながら、ボーイフレンドに「あたしたちプラトニック・ラブで行きましょうよ」と言っているBGの綾子さん。あなたにとって、プラトニック・ラブとは何か？　大切なボーイフレンドが、A感覚へ走らぬよう、せめて本屋にとびこんで「プラトニック」の意味を、五分間位哲学してみることをおすすめします。

リルケ

リルケ　Rainer Maria Rilke（1875—1926）オーストリアの詩人。プラハの生れ。プラハ，ミュンヘン，ベルリンの各大学で学び，２度にわたるロシア旅行のほかヨーロッパ諸国を放浪，パリではロダンの秘書をしたが，のちスイスに入り，ミュゾットの古館に終の栖を見つけ，孤独のうちに病死した。『形象詩集』『時禱集』『ドゥイノの悲歌』小説『マルテの手記』ほかがある。印象主義と神秘主義の混合した独自の境地を開拓，近代詩の一頂点を形成した。

1

リルケは満五歳になるまで、女の子として育てられた。

髪をお下げに結ってスカートをはいた幼年時代のリルケの写真は「女の子」というよりは、むしろ人形である。

2

リルケの父ヨーゼフは小心で、事なかれ主義者であり、鉄道会社の下級官吏であった。しかし、リルケの一家にはオーストリアの貴族の血をひいているという思いこみがあり、ヨーゼフの妻には上流社会に近づき、社交界の花形になりたいという強い欲望があった。もともと妻のゾフィアは名門の出で帝国評議員の娘、虚栄心と我意が強く、ヨーゼフを軽蔑しきっていた。だから、うだつのあがらぬ鉄道員で、ひとりでクイズに熱中したり、四十過ぎても手淫にふけっていたりするヨーゼフに見切りをつけて、一人息子のリルケを連れて別居してしまった。

一人息子と派手好きな母親。この関係がリルケの文学の土台である。

3

四十歳すぎても、半ズボンをはいた「母さん子」のリルケは、
ああ、悲しいことだ、母が私を打ち毀《こわ》す
と、詩に書いている。
彼は、いつでも大鴉《がらす》のような母の権力の翳《かげ》におびえ、ほとんど憎悪をこめたことばで、母を語りつづけているが、しかし母がひいた血境を脱出することなどできないのだった。
「私は私の石を一つびとつ積みかさね
すでに偉大な日がその周りをめぐっている一軒の家のように　孤《ひと》りで建っていた
それだのに　いま母が来て　この私を打ち毀す」

4

リルケがなぜ母親を殺さなかったのか、ということを推理してみることは、興味深いことである。リルケがなぜ母親を捨てなかったのか、なぜ冷たい仕打ちを与えたり、養老院に売りとばしてしまわなかったのか？　それは、リルケが自分の肉体の中に「母親を飼っていた」からであり、リルケが母親の思想の中に「住みついてしまっていた」からである。
リルケは詩集『ヴァレーのカトラン』のなかに、

「自分の母のことを話す人が話しながらその母に似てくるように
　この燃えさかる土地は渇きをいやしている」

と書いて、血肉一致の安堵《あんど》感をうちあけている。もし、母親を捨ててしまったら、同時に母親の内なるわが身を捨ててしまうことになり、母親を殺してしまったらわが身もまた亡んでしまうのだと考えたのであろう。つまり、リルケにとって、母親を殺すことは、自殺することにほかならなかったのである。

5

「世の中は汚濁にみちているから、純粋なおまえには見せたくない」

と、四十歳すぎた息子を一室に閉じこめて、六十歳すぎた母親だけが厚化粧して毎日、外出する。半ズボンをはいた四十歳の一人息子は、切手と蝶《ちょう》のコレクションに熱中しているが、蝶も切手も、母親が町で買ってきて息子に与えたものばかりである。

息子は四十歳すぎて、ボーイソプラノで、童貞だが、鰐《わに》のような大口の母親が恐ろしくて、ドアの外へ出ようとはしない——というのは、アーサー・コーピットの『ああ、お父さん、かわいそうなお父さん、お母さんがお父さんを洋服ダンスの中に閉じこめてしまったのでぼくはとても悲しい』という長い題の劇のシチュエーションだが、まさにリルケがモデルではないかと思うばかりだ。リルケは、

「ああ、それにしても、足のきかないひとに話を聞かせるのは、なんと愉《たの》しいことでしょう。健全なひとたちだとふわふわしてあてになりません」（『神さまの話』）
と囚《とら》われびとを仲間にしたがるが、足に鎖をつけさせた母親の力は、仔犬《こいぬ》でも飼うように息子を飼いながら、毛並みをバリカンで刈りそろえ、パリの文壇という品評会でわが子の値段をあげることにたのしみを見出しているのである。

6

一八九七年、リルケはルー・サロメという女を愛し、共にミュンヘンに行き、九九年には共にロシアに旅行している。

リルケ研究家たちは、この「出会い」を重大視して「リルケはルーを見出したことによって、まず母親の影響からの脱出の糸口をつかむことが出来た」（富士川英郎）と言うのだが、私から見ればルー・サロメはリルケにとって第二の母親であるにすぎなかった。ニーチェの友人でしっかり者のルー、リルケよりも十四歳も年上で、我意の強いルーは、リルケの母親であるにすぎなかった。たまげたことだが「永遠の息子」であるリルケは、生みの母が中古になったあとで、第二の母ルーととりかえたというわけだ。ええ、母親のオーバーホールはいかが？

7

リルケが『マルテの手記』のなかで観たパリは、あきらかに病人のパリである。行路病者や、塀《へい》にそっと手をふれつつ重たい体をはこんでゆく妊婦。街にただよっているヨードフォルムの不安な匂い。瀕死《ひんし》の病人をのせて、狂気のように市民病院へと目ざして駈《か》けつけてゆく馬車に驚かされ、やっとミルクホールの中に入ってみると、坐ったテーブルに差向いで、前から坐っていた男が、にわかに痙攣《けいれん》をおこして死んだりする。「なにかしらあまりに大きなもの、厳《きび》しいもの、近いものに対するような不安」や「大きな、名状しがたい不安」がマルテをとらえる。

8

だが、私の見たパリは「マルテのパリ」とは、あまりにも違いすぎていたようだ。「塀にそっと手をふれつつ重たい体をはこんでゆく妊婦」どころか「父なし子を生むことを愉しげに語る少女」、「にわかに痙攣をおこして死ぬ男」どころか、「かわいそうな盲目のアコーディオンひきだと思った老人が、ウインクしてシャンソンをひきだす陽気な春の偽盲人」「ヨードフォルムの不安な匂い」どころか、街中にただよっている「マロン・グラッセの甘い匂い」

私は、サン・ミシェルの常宿の太っちょのおかみさんと、パリのオプチミズムについて語りあったものだ。怠けもので、好色で、うそつきで、だらしないくせに性急で、自尊心ばかり強くて、お洒落《しゃれ》で、ねずみをとらない猫《ねこ》のようなパリッ子たち。だが、私はパリにいるといつでも、自分が「家なき子」であることの快感を味わわせてくれるから好きなのだ、と。だが、リルケは、何と言われようとも、

「ママンから離れなかった。じっといっしょに耐えていた。僕とママンとは心の中からあの家の幻がすっかり消えてしまうまで、じっと抱きあっていた」(『マルテの手記』)

9

「人々は生きるためにこの都会へ集まってくるらしい。しかし、僕はむしろ、ここではみんなが死んでゆくとしか思えないのだ」(『マルテの手記』)

「石だたみを一枚剝《は》ぐと下は砂浜だ」「パリで生きること、人生、果実」「想像力は権力を奪う」「自由を許すな」(パリ——「五月革命」の落書)

10

リルケはローリング・ストーンズを聞くべきである。リルケはマラソン・ランナーになるべきである。

リルケは花屋のガラスを叩《たた》き割るべきである。リルケは包茎手術をするべきである。リルケはロダンの彫刻に小便をかけるべきである。リルケは素人のど自慢に出て「ブルーライト・ヨコハマ」を唄うべきである。リルケは夢屋の今川焼を食うべきである。リルケはピンク映画を観て辰巳典子や杉村久美にあこがれるべきである。リルケは沖縄デモに参加し、ソープランド歌麿の小夜さんのボディ洗いを経験するべきである。リルケは毎朝、バーベルを持ちあげ、朝寝の母親を蹴《け》とばし、手洟《てばな》をかみ、マルクスの『経済学・哲学ノート』をちぎって尻《しり》を拭《ふ》き、サッポロラーメンの味噌《みそ》に舌つづみをうち、政治のフォークロアについて考察し、ムツミシゲルの馬券を買いつづけ、上野動物園にイルカがいるかいないか、いないかイルカについて子供と議論し、思い切ってマリファナを吸い、しかるのちにまだ次のような詩を書こうとするかどうか、自問してみるべきである。

11

「わたしたちのこんなはしたない品々にまで
これほどの危険がまことに必要なのだろうか?
世界がもう少し安全であっては不都合だというのだろうか?
たおれた小さな香水の壜《びん》よ、

そのほっそりした裾《すそ》をだれがおまえにあたえたのか？」（『果樹園』）

12

新宿の映画館で、リルケの詩の題をとって題にした映画をやっていた。「あらかじめ失われた恋人たちよ」というのである。正確に言えば、詩の方は単数の「恋人よ」となっていて、映画の方は「恋人たちよ」となっているから、このへんに映画を作った清水邦夫、田原総一朗の狙《ねら》いがあったのかも知れない。

それにしても、と私は思った。「あらかじめ失われた」とは、何という自負であろうか？

私は、実際に存在しなかったことも歴史のうちであると思っていて、たぶん、やってくることのない「恋人」も、恋なのだと思っていたので、この舌をかみそうな「あらかじめ失われた」という言いまわしのなかにリルケ特有の感傷の匂いを嗅《か》いだのだった。

あらかじめ失われた　恋びとよ　いとども現われたことのないひとよ
私は知らないのだ　どんな音調がお前に好ましいかを
未来の波がたかまっても　もはや私はお前をそこに見分けようとはしない」（『拾遺詩篇』）

——あらかじめ失われたものは？　ときくと、

――戦争！　と一人の学生が答えた。

――あらかじめ失われたものは？　ときくと、

――沈黙！　と一人の聖書研究家が答えた。

だが、「戦争を知らない子供たち」にとって、戦争があらかじめ失われていたと言うのは、真実ではない。戦争は、失われたどころか、いまも死んだ兵士たちの時をかぞえているし、私たちの日常の上に、姿は見せぬまでも、したたかに現存しているのである。沈黙という答えを、言葉が最初に存在してしまった時代へのあてこすりと考えても、また「はじめに言葉ありき」というヨハネ書の冒頭句から験算しても、当っていない。沈黙は、しばし遅れてくる特性をもっているのだ。

手に入れていないのに、あらかじめ失われたもの、生れないのに、あらかじめ死んでいたもの、それらの総体としての神。だが、「存在が本質に先行する」時代には、神の身分証明書を発行するところなど、どこにもないのだ。それは、あらかじめどころか、永遠に失われていることをくりかえしくりかえしためされるものであり、リルケの『神さまの話』に出てくるよりは、はるかに残酷で、暴力的な存在でなければならない。

13

リルケの世界は、いつでも「あらかじめ」にみちあふれている。だが、私には「あらかじめ」など、一つもないのだ。そこから私とリルケとのすれ違いが生れてくる。

「私が心遣《づか》いをすれば　私のなかに家が建ち　私が警戒すれば　私のなかに番人が生れる」

だが、マヤコフスキーは書いている。

「もしも心がすべてなら　いとしいお金は何になる？」と。

14

リルケは一九二六年、白血病で死んだ。五十一歳であった。

彼の結婚は一九〇一年四月。(そして十二月に妻は娘を産む) その娘がリルケの子だったのかどうかは、わかっていない。翌一九〇二年、家庭を解散する。リルケの年譜には実に多くの女の名が出てくる。「出会い」の多い一生であったことはたしかだが、私にはリルケが人間嫌《ぎら》いだったような気がしてならない。彼が、いつも美化しつづけていたのは、ニンフでも神でも少女でもなく、自分自身にほかならなかったのだ。うそつきめ！

「やすみなくおまえは着がえをする、かみの毛までもかえてしまう

そんなおびただしい遁走《とんそう》の背後で、おまえの生は

まのあたり清らに在《あ》りつづける」

(『ヴァレーのカトラン』)

解説

寺山修司は、エジソンについて語りつつ、こう書いている。

《個別的なあかりを、線によって結びつけ、電信という連帯形式を発明したとき、人はその合理性だけに目を向けたがるが、私には世界ではじめての共同体といったものの抽象化を見る思いがする》

共同体というものを、精神的な合一だけでなく、電線という、きわめて物理的な存在(しかしそこに流れる電気とは、何と魔可不思議なものであることか!)の中に読みとるところに、寺山修司の現代人たる第一の特質がある。劇作家、演出家・寺山修司にとっては、思想や詩も、それが民衆に達するある回路を流れなくては意味をなさない。寺山修司は、流れる電気も作るが、同時に、電信柱もたてねばならない雪国の電気工夫といったおもむきがある。

もっとも、この電気という奴は、戦争中に少国民だった私たちの世代には、特別の思いこみがあるかもしれない。まったく、あの灯火管制という代物は、秘密めかして、人の心をしめつけ、ただでさえ貧しい夕餉《ゆうげ》の卓をいっそう心細いものにしてくれた。敗戦が来て、さあ、これで、黒い逆メガホンのごとき覆いをとり払ってもよい段になると、今度はあの忌々《いまいま》しい停電だ。敗戦の年の秋、私は、疎開先の富山から東京のはずれに戻って来たが、戦後とは、すなわち停電であった。

それこそが、寺山修司が、東京・渋谷の「天井桟敷」の正面を、おどろおどろしき装飾電球で飾り立てている真の理由ではないか。それほどこの世代の電灯願望といったら、牢固として抜き難く、私が、ベトナム戦中のハノイに入ったとき、最大の関心は、灯火管制であったほどだ。現に、私のルポルタージュは灯火のことばかり書いている。のち、私は、デモ行進の思想について、こう書いた。《デモというものは、私がベトナムで見た足でまわす自転車発電機みたいなものだ。漕《こ》いでいないと無だ。しかし漕いでいる時、どんなにかそけくとも闇の中に光はきらめく。そしてその光芒の中で、手術が行なわれ、母は子を産む》（『私のなかのベトナム戦争』）

電気に感激するとは、未開人なみの発想だが、闇の中に電気がともると嬉しい、と思うことが、戦後民主主義の根本であると私は思っている。そして、御当人が何と言おうと、寺山修司は、戦後民主主義を守ろうとしている。権力やあらゆる権威を憎み、人間を愛し、そしてその思想を現実の場にあてはめ、現実を変えようとしている。そういうことを彼は心の中に深い孤独を抱きながら行なっている。寺山は、エジソンの発明である電信や活動写真を想起して、それらを、幸福論としてみないわけには行かない、と書いてこう結論づけているのだ。《それは少年時代から孤独でだれにも愛されなかったエジソンが生涯かかってくりかえしつづけた人間関係の拡張といったことだったように思われる》

こう書くとき、寺山は、ほとんど自分のことを語っている。

私だって、寺山が、十代にしてあらわれた天才歌人だったことを知らないわけではない。続いてラジオという電信の世界で、ほとんどの賞を総なめにしていった、時代の寵児《ちょうじ》だったことも知っている。なにしろ、私は、当時、地方局のディレクターで、この二つだけ若いふてぶてしい天才を、文学上の産物として仰ぎ見ていたのだから。私は、その地の若き才能あふれる歌人春日井建の書きおろしドラマを演出したが、放送後、春日井建が言ったことばは次のようなものだった。

「でも、寺山さんが、ほめてくれました」

その後も長い間、私は、寺山修司を、放送作家、ついで「若い広場」で若者の相談にのる人生相談の旗手と思っていた。

しかし、実は、その間に、彼は、人間の共同体の可能性を拡げるための偉大な実践者になっていたのだ。つまり、連帯の中で、物事の達成を考える集団の指導者である。

彼を、そのような存在につくりかえたのは「天井桟敷」での経験であったと思う。彼の最良の弟子の一人たる東由多可とヨーロッパを旅した時、東がこんなことを言った。「ぼくが天井桟敷に行ったころ、寺山さんは、原稿を書きまくっていた。貯金通帖に千万近い数字がならんでいた。朝起きると、もう書いていた。そして最後に貯金はゼロになっていた」

そうやって寺山の得たものは、もちろん、貯金通帖などとは比較にならない大きなものだった。彼自身、ガロアに託して語っているではないか。

《函数xについて思うことは、はじめは恋とか友情とかいったことであったが、やがては環境として、社会として、世界状態として考えられるに到った。そして、ガロアの数学の主題が、現代では「ガロア群」とよばれる一つの「群」の追及であったことを思うとき、彼の政治的関心と数学的主題とが無縁ではなかったことに気がつく》

私は、寺山修司を政治人間として語りすぎているであろうか。

私が、実物の寺山修司にあったのは、六八年の一月ごろ、東京・新宿の紀伊国屋ホールで行なわれた「脱走兵をめぐるティーチ・イン」の席上だった。ちょうどイントレピッドの四人という米脱走兵が出た直後だった。佐藤信や富永一朗の出席した会だった。寺山の展開した論旨は忘れてしまったが、脱走は卑怯かという話になったとき、脱走兵を断乎擁護した。それよりも、会半ばで、会場の学生から、そんなところに坐って議論ばかりしているとは何だ、というような声が出たときの彼の発言には、感心した。寺山修司はこういった。

「会も、半ばになると、たいてい会自体の存立を疑う発言が出て来るものなんだヨ」

こう言うことで、彼は、舞台の外の声も、一つの場にとりこんでしまった。まだティーチ・インにも講演にも慣れていなかった私は、うなった。「これはプロだ」。つまらぬことに感心したものだ。しかし人々が討論に酔い、頭がかっかとして、何をやっているのかわからぬときに、その土俵自体を相対化してみるとは凡人のよくするところではない。アルキメデスは、私に梃子《てこ》の支点さえあたえてくれれば、地球でも持ち上げてみせるといったそうだが、寺山のやったことはそれに近い。彼は、芝居でも、運動者としても、そういう支点の移動をやってのける。

そしてこの著ではついに寺山は人類三千年の歴史を相手に、現代という時点にしっかと梃子を据えなおしている。

寺山修司の英雄伝が実に身近なのも、彼は世界史の英雄を、彼自身の梃子で測っているからである。その梃子とは、新宿であり、ふるさとの青森であろう。その意味でこの本は、等身大英雄伝といえる。

かつて私は、氏のこの著を評して、「コリン・ウィルソンの『アウトサイダー』を大英博物館が産んだ書と呼んだ人がいるが、氏の近著は、東北の港町と新宿の喧騒が産んだ母一人子一人の子の書といえるかもしれない」と書いたことがある。

しかし、私は、このごろでは、この本に登場するソープランドの桃子さんや、のぞきからくりの講釈師が本当にいたのかどうかを少しあやしんでいる。

これも全部、寺山氏の想像力の舞台の人物かもしれぬではないか。しかし桃子がいなければ、あるいはホモの教師がいなければ、プラトンもいないことになる。そしてプラトンがいるならば、桃子もいる。私の二女はももこという。これは関係ない。

輪を拡げ、群を結び、権力を敵として立ち上る、そのとき、一人一人の人間は英雄でもなくソープランドの女でもなくなる、一対一の人間となって行く、そこのところが感動的だ。すなわち、彼の英雄伝がさかさまなのではない。いままでの英雄観が、さかさまだったのだ。

だが、まちがってはいけない。

寺山氏が英雄であるわけはない。彼は、十歳で特高の刑事の父に死に別れ、母に置き去りにされた。畳の下にあった春本のさわりの部分に、母の名をあてはめて夜汽車の中で読む話はいたましく美しい。《さしものハツもハツのハツで充分だったので苦もなくハツまですべりこんだ。その刹那……》これほどの母への恋歌があろうか。

トロツキイも孟子もリルケもキリストも、ここでは、母と子の関係でとらえられている。母を棄てること、それは寺山にとって、ふるさとを棄てること、家を棄てることだった。

母を殺す、それこそ、男の子のひそかな欲望でなくて何であろう。古今、それを実行した男たちを、私たちは、英雄と呼んだ。
いま、あなたの殺すべき母は誰？

小中陽太郎

本書中には、今日の人権擁護の見地に照らして、不当・不適切と思われる語句や表現がありますが、作品発表時の時代的背景を考え合わせ、著作権継承者の了解を得た上で、一部を編集部の責任において改めるにとどめました。

さかさま世界史《せかいし》

英雄伝《えいゆうでん》

寺山修司《てらやましゅうじ》

昭和49年 1月30日 初版発行
平成17年 3月25日 改版初版発行
令和5年 2月25日 改版8版発行

発行者●山下直久

発行●株式会社KADOKAWA
〒102-8177 東京都千代田区富士見2-13-3
電話 0570-002-301(ナビダイヤル)

角川文庫 13733

印刷所●株式会社KADOKAWA
製本所●株式会社KADOKAWA

表紙画●和田三造

●お問い合わせ
https://www.kadokawa.co.jp/(「お問い合わせ」へお進みください)
※内容によっては、お答えできない場合があります。
※サポートは日本国内のみとさせていただきます。
※Japanese text only

ISBN978-4-04-131531-6 C0195

◆◆◇

角川文庫発刊に際して

角川源義

第二次世界大戦の敗北は、軍事力の敗北であった以上に、私たちの若い文化力の敗退であった。私たちの文化が戦争に対して如何に無力であり、単なるあだ花に過ぎなかったかを、私たちは身を以て体験し痛感した。西洋近代文化の摂取にとって、明治以後八十年の歳月は決して短かすぎたとは言えない。にもかかわらず、近代文化の伝統を確立し、自由な批判と柔軟な良識に富む文化層として自らを形成することに私たちは失敗して来た。そしてこれは、各層への文化の普及滲透を任務とする出版人の責任でもあった。

一九四五年以来、私たちは再び振出しに戻り、第一歩から踏み出すことを余儀なくされた。これは大きな不幸ではあるが、反面、これまでの混沌・未熟・歪曲の中にあった我が国の文化に秩序と確たる基礎を齎らすためには絶好の機会でもある。角川書店は、このような祖国の文化的危機にあたり、微力をも顧みず再建の礎石たるべき抱負と決意とをもって出発したが、ここに創立以来の念願を果すべく角川文庫を発刊する。これまで刊行されたあらゆる全集叢書文庫類の長所と短所とを検討し、古今東西の不朽の典籍を、良心的編集のもとに、廉価に、そして書架にふさわしい美本として、多くのひとびとに提供しようとする。しかし私たちは徒らに百科全書的な知識のジレッタントを作ることを目的とせず、あくまで祖国の文化に秩序と再建への道を示し、この文庫を角川書店の栄ある事業として、今後永久に継続発展せしめ、学芸と教養との殿堂として大成せんことを期したい。多くの読書子の愛情ある忠言と支持とによって、この希望と抱負とを完遂せしめられんことを願う。

一九四九年五月三日